Flag 8.
センパイがどうしてもってお願いするならいいですよ？
男女の友情は成立する？
いや、しないっ!!
七菜なな
イラスト／Parum
デザイン／伸童舎

contents

Flag 8.
センパイがどうしてもってお願いするならいいですよ？
男女の友情は成立する？
いや、しないっ!!
七菜なな
イラスト／Parum

Prologue リトル・ガール

「アハハハハハ！　あんた愚弟《ぐてい》と思ってたけど、そこまで不器用だと笑えるわ！　もはや天然記念物ね！　申請《しんせい》して保護対象として登録してもらおうかしら！」

クリスマス。

十二月二十五日。

日葵《ひまり》との別れ話の後。

ちょうど日付が変わった頃《ころ》、コンビニでバイトしてた咲姉《さくねえ》さんが帰ってきた。

そしてリビングの惨状《さんじょう》……ひっくり返ったお皿とか散乱したお菓子《かし》を片付ける俺を見て眉《まゆ》根《ね》を寄せ、その理由を聞いて大爆笑《だいばくしょう》したのだ。

咲姉《さくねえ》さんは悪びれもせず、涙《なみだ》を指で拭《ぬぐ》いながら言った。

「あー、仕事の疲《つか》れも吹《ふ》っ飛《と》んだわー。愚弟《ぐてい》、たまには役に立つのね」

「うるさいよ。これでも死ぬほど落ち込んでるんだから、そういうのやめてくれない？」

「あんた普段《ふだん》から幸運ばかり使ってんだし、たまには痛い目みていいのよ」

「別に幸運ばかりってわけじゃ……」

……いや、そうか。

確かに、これまでの俺は幸運すぎた。

それを当然のものって思い込んでいたら、こういう形でしっぺ返しがくるのも当たり前だ。

咲姉《さくねえ》さんはうちのコンビニから持ってきたフライドチキンをテーブルに置き、ついでに冷蔵庫からワインの瓶《びん》を取り出した。ポリッピーとチーズも忘れない。

……人の失恋《しつれん》話を肴《さかな》に一杯《いっぱい》やるつもりらしい。さすがは俺のお姉様。温情の欠片《かけら》も持っていない。泣いちゃいそう。

「お、ケーキ発見」

「それは……」

「ん？　食べちゃダメなやつ？」

「……いや、食べていいよ。榎本《えのもと》さんの家で作ったから味は保証する」

咲姉《さくねえ》さんは「手形のケーキなんて斬新《ざんしん》ね。『進撃《しんげき》の巨人《きょじん》』かしら……」とか言いながら、それを遠慮《えんりょ》なく皿に切り分ける。

日葵《ひまり》のために作ったオリジナルケーキ。

……でも、これは日葵《ひまり》が求めたものじゃなかった。

「咲姉《さくねえ》さんは、てっきり怒《おこ》ると思ったんだけど」

「なんで？」

「いや、咲姉《さくねえ》さんは日葵《ひまり》の味方だろ」

いつだって咲姉《さくねえ》さんは「日葵《ひまり》を大事にしろ」って言ってた。

それなのに平常運転なのが不思議だったんだけど……。

「日葵《ひまり》ちゃんのためを思えば、別れて正解なんでしょ」

「え……」

湯呑《ゆのみ》に赤ワインを注ぎ、それをぐいーっと呷《あお》る。

未成年の俺でも「風情《ふぜい》ねえなあ」って思うくらい一人酒に慣れきった咲姉《さくねえ》さんは、コンビニから持ってきた売れ残りのフライドチキンを俺に向けた。

「あんた、根っから恋愛《れんあい》に向いてないのよ」

「む、向いてないって何だよ」

「そのままの意味よ。どうしても時間が守れなかったり、部屋の掃除《そうじ》ができなかったりするのと同じ。たまにいるのよね、性格的に恋愛《れんあい》に向いてない人が。仕事とか趣味《しゅみ》も上手にやってるのに、なぜか恋愛《れんあい》になると必ず相手を不幸にするタイプ」

「なにその呪《のろ》い？　そんな人いる？」

「いい見本があんたの近くにもいるじゃない」

「え？」

恋愛《れんあい》に向いてない人？　俺の近くに？

俺が考えていると、咲姉《さくねえ》さんは鼻で笑った。

「紅葉《くれは》と雲雀《ひばり》くん」

「…………」

うわあ……。

なんかそう言われると、途端《とたん》に切なくなってきた。俺の十年後ってあんな感じになっちゃうのかな。いや、尊敬してるし光栄ではあるんだけどね。でも俺は他人を義弟《おとうと》認定《にんてい》しない大人になりたいです……。

「雲雀《ひばり》くんとか、仕事ができて思いやりもあるのに、なんで恋愛《れんあい》になるとあんな頑固《がんこ》なのかしらね。あの二人が大学の卒業間近で別れたときは驚《おどろ》いたもんだわ。あんた想像つかないでしょうけど、かなりうまくいってたのよ」

「……………」

あの二人について、俺は詳《くわ》しくは知らない。

雲雀《ひばり》さんは、この町のために働くことを決意した。

紅葉《くれは》さんは、モデルとして大成するって夢を譲《ゆず》らなかった。

条件が合わなかった……といえばそれまでだけど。でも、二人でいることを選択《せんたく》することもできたはずだ。どっちかが折れれば……でも、それが簡単じゃないのも、俺は知った。

俺が一人で考え込んでいると、咲姉《さくねえ》さんが言った。

「いいのよ」

その言葉に、俺は顔を上げる。

咲姉《さくねえ》さんは変わった様子もなく、いつも通りの口調で続ける。

「あんたは、そのままでいい。別に怒《おこ》ってるわけじゃない。むしろ変に反省して日葵《ひまり》ちゃんを引き留めようとするほうが厄介《やっかい》だわ」

「厄介《やっかい》って……」

「だってそうでしょ？　ここで日葵《ひまり》ちゃんに謝《あやま》って別れ話をなかったことにしても、どうせまた同じ喧嘩《けんか》するだけよ。あんたはそういうやつなの。結局、恋愛《れんあい》だけじゃ生きられない気質なんだから」

「…………」

その言葉は、俺の胸を深く刺《さ》した。

ただの真実。

俺は恋愛《れんあい》だけじゃ生きていけない。

それを戒《いまし》めにしろとばかりに、咲姉《さくねえ》さんは続ける。

「前に進みなさい。失敗を糧《かて》にして、あんたという人間を仕上げていきなさい」

咲姉《さくねえ》さんはどこか遠くを見るような瞳《ひとみ》をしていた。

俺を見ているんじゃない。

どこか……もしかしたら日葵《ひまり》のことを思っているのかもしれないし、あるいはずっと過去の思い出をなぞっている様子でもあった。

「日葵《ひまり》ちゃんも、同じように進んでいけばいいのよ。たとえ二度と道が交わらなくても、この経験はあの子の糧《かて》になるわ。それがせめてもの恩返しになればいいわね」

その言葉に、俺よりも長い人生を感じさせた。

一度、違《たが》えば、二度と交わらないかもしれない。日葵《ひまり》に「〝you〟への復帰を認めない」と言ったとき、俺はその可能性を微塵《みじん》も考えていなかった。

俺は間違《まちが》ったのだろうか。

それとも、咲姉《さくねえ》さんの言うようにこれでよかったのだろうか。

日葵《ひまり》という才能を、俺に縛《しば》り付《つ》けることはない。それは夏休みに紅葉《くれは》さんから言われていたことだ。改めて思えば、紅葉《くれは》さんは俺よりもずっと波乱の多い人生を歩んできて、知見が広いのは疑いようもない。

その紅葉《くれは》さんが言ったことが、こうして正しかったと証明された。

それに照らし合わせれば、この選択《せんたく》は間違《まちが》っていない。

二人の……日葵《ひまり》のためを思えば、こうするのが正しかった。

だから、俺は前を向けばいい。

なんとなく咲姉《さくねえ》さんの言いたいことがわかって……もしかしてこの人は、俺を励《はげ》まそうとしてくれているんだろうか。そんなことを思って、少しだけ感謝した。

「咲姉《さくねえ》さん。ありが……」

咲姉《さくねえ》さんがワインを呷《あお》って、おっさん臭《くさ》いため息を漏《も》らした。

「あー、これで冬休みの間、あんたでコンビニのシフト埋《う》められるわー。日葵《ひまり》ちゃんと遊ばないなら、どうせ用事なんてないでしょ？　私も少しはゆっくりできそうねえ」

「咲姉《さくねえ》さん……」

ぶち壊《こわ》しだよ。

この人、こういう人だったわ。何をアンニュイに引っ張られて感謝しそうになっちゃってるんですかね俺よ。

「え？　なんか用事あんの？」

「いや、俺はアクセを……」

「アクセ作りも、どうせメンタルやられてちゃ集中できないでしょ。あんた感情乗ってないと満足な仕事できないタイプじゃない」

「そうですね……っ！」

腐《くさ》っても実姉《じつし》、俺のことよくわかってる。

咲姉《さくねえ》さんは賞味期限切れ商品の段ボールを漁《あさ》って、チータラの袋《ふくろ》を勢いよく開けた。……この人、美人なのにおつまみのセンスが完全におっさんなんだよなあ。チータラの一本をひらひら上下に振《ふ》りながら、フンと鼻を鳴らした。

「てか、これまで半年くらい、あんたがアクセ頑張《がんば》るって言うから、その分私が代わってやってたんじゃない。冬休みの間、姉孝行なさい」

「はい……」

それに関しては、もうマジで感謝しきれないです優《やさ》しいお姉様。

リビングの掃除《そうじ》が終わり、俺は部屋に退散しようと思った。……今日は昼から榎本《えのもと》さん家《ち》にヘルプに行ったり、夜は日葵《ひまり》とひと騒動《そうどう》あったり、色々ありすぎた。

……正直、寝《ね》られるかわかんないけど。明日は朝からバイトのシフト入ってるし、一応、寝《ね》とかないと。

リビングを出ようとすると、咲姉《さくねえ》さんが「あっ」と思い出したように言った。

「明日から短期のバイトくるからね。その指導係も、あんたやりなさいよ」

「ええ……。そういうの、俺は向いてないんだけど」

「偉《えら》そうに好《す》き嫌《きら》い言ってんじゃないの。その子、学生だから、あんたのほうが年が近くていいのよ」

「余計に緊張《きんちょう》するんだけど……」

むしろずっと年上とかのほうが、変に気を使わなくてよかったりするし。

俺が渋《しぶ》っていると、咲姉《さくねえ》さんが口に咥《くわ》えたチータラをブラブラさせながらにやりと笑う。

「可愛《かわい》い女の子よ？」

「え？　その情報で張り切ると思われてる？」

「そうねえ。日葵《ひまり》ちゃんや凛音《りおん》ちゃんのおかげで、あんた妙《みょう》に目が肥えてるからねえ。贅沢《ぜいたく》なことだわ」

「そういうのいいから……」

俺がげんなりすると、咲姉《さくねえ》さんが肩《かた》をすくめる。

「でも新人指導の経験は多くて越《こ》したことはないわ。これから日葵《ひまり》ちゃんがいないなら、店を持ったときに誰《だれ》がバイトの面倒《めんどう》を見るのよ？」

「あっ……」

そうだった。

これからも夢を追い続けるなら、一人でやっていかなきゃいけない。これまで日葵《ひまり》が担《にな》ってくれていた仕事も、当然、俺がやることになる。

──一人で？

これまで日葵《ひまり》と一緒《いっしょ》にいるために、俺はアクセを作ってきた。

その目標は、こうやって消えた。それなのに、俺はこれからどうしてアクセを作るんだろうか。

花が好きだから？

いや。花は好きだけど、それはアクセクリエイターを目指すこととイコールじゃない。花が好きなだけなら、生花店を目指す道もある。

なんで俺はアクセを作りたいんだろうか。

改めて考え直す。

最初は、榎本《えのもと》さんの影響《えいきょう》だった。

幼い頃《ころ》の榎本《えのもと》さんに恋《こい》をして、俺は彼女に自分の花を届けたいと願うようになった。

そして日葵《ひまり》と出会って、日葵《ひまり》のためにアクセを作るようになった。

日葵《ひまり》という、俺の情熱を理解してくれるパートナーを失いたくなくて、俺はアクセを作り続けた。

本当に、それだけだったんだろうか。

俺は、俺の情熱を理解してくれるパートナーを失いたくないから、アクセを作っているんだろうか。

それなら日葵《ひまり》じゃなくてもいいはずだ。

榎本《えのもと》さんだって、俺の情熱を理解してくれる。

この数か月は〝you〟のパートナーとしても頑張《がんば》ってくれていた。

……日葵《ひまり》じゃなければいけない理由が、俺にあったんだろうか。

(俺はこれから何のためにアクセを作り続けるのかな……)

俺が考え込んでいると、咲姉《さくねえ》さんが言った。

「明日から来る、短期バイトの子ね」

「え？」

俺が振《ふ》り向《む》くと、湯呑《ゆのみ》を指で軽く弾《はじ》く。

「あんたにとっても、ちょっと面白《おもしろ》い子よ」

「面白《おもしろ》い？」

その意味がわからずに聞き返すと、咲姉《さくねえ》さんは肩《かた》をすくめるだけだった。

「今日はもう寝《ね》なさい」

「あ、うん……」

なんだか釈然《しゃくぜん》としないものがあったけど、素直《すなお》に言うことを聞く。

俺は階段を上り、自室に入った。

ベッドの上にふてぶてしく鎮座《ちんざ》する真っ白い毛玉を、じとーっと睨《にら》む。うちの白猫《しろねこ》・大福《だいふく》は小憎《こにく》たらしい顔でくわっと欠伸《あくび》をした。

「大福《だいふく》。どいてくれ」

「…………」

ごろんと寝転《ねころ》がると、わざとらしく伸《の》びをして身体《からだ》の面積を広げる。……こいつ、絶対に人間の言葉を理解してるだろ。

大福《だいふく》を退《ど》かそうと両腕《りょううで》を伸《の》ばすと、「シャーッ！」と爪《つめ》で威嚇《いかく》された。

「…………」

俺は無理やりベッドに潜《もぐ》り込む。こうなったら強硬《きょうこう》手段だ。人間様の体格を活《い》かして、こっちの陣地《じんち》を広げてやるのだフハハハ……あ、痛い！　こいつ引《ひ》っ掻《か》くなよ！

「……はあ」

ため息をついて、天井《てんじょう》を見上げる。

大人しくなった大福《だいふく》の背中を撫《な》でながら、ぼんやりと考えた。

……これから俺は、何のためにアクセを作るのか。

みんなに認められるようなアクセクリエイターになりたい。

その気持ちは、変わらず胸にある。

そのために色々と試行錯誤《しこうさくご》を繰《く》り返《かえ》してきた。今更《いまさら》、その覚悟《かくご》がないなんてことはない。でも、そもそも夢を追う理由ってなんだ?

日葵《ひまり》がいなくなっても、俺がアクセを作り続ける理由ってなんだろうか。

♣♣♣

ふと気が付くと、すでに窓の外が明るかった。

もう朝か。アレコレ考えているうちに寝《ね》てしまったようだ。正直、全然、身体《からだ》の疲《つか》れは取れていない。

部屋を出て、顔を洗う。今日はずっとバイトだから、いつものパーカーでいいか。リビングには誰《だれ》もいなかった。いつものように売れ残りのトーストを焼いて、いつものようにマーガリンを塗《ぬ》って食べる。

テレビを点《つ》けると、いつもの朝のニュースをやっていた。昨日ほどの熱量じゃないけど、都内の有名な洋菓子《ようがし》店の紹介《しょうかい》をしている。

……人生初めてのカノジョと別れた朝も、普段《ふだん》と変わらない平和な朝だった。

なんか、恋《こい》ってすげえなあ。人生のビッグイベントのはずなのに、終わればマジで何も残らない。ゲームに出てくるゴースト系のモンスターみたいだ。倒《たお》しても宝箱落とさないやつ。いや、例えがそれって何なの？

あーあ。この感傷も時間が経《た》てば、俺の『普段通り《ふだんどお》』になってしまうんだろうか……そんな感じで「アレ？ 俺って歌詞書く才能あるんじゃね？」みたいなアホなことを寝不足《ねぶそく》の頭で思っていると、不意に家のチャイムが鳴った。

「……宅配便かな？」

咲姉《さくねえ》さんが通販《つうはん》で何か頼《たの》んだのかな。あ、それとも父さんへのお歳暮《せいぼ》……は、コンビニのほうに届くようになってるしな。まあ、なんでもいいか。とりあえず出なきゃ。

「はい。どちら様で……え？」

玄関《げんかん》のドアを開けて——俺は停止した。

なんか見覚えのあるツインテ少女が立っていた。

この子は、城山芽依《しろやまめい》さんだ。

秋の文化祭で、日葵《ひまり》に憧《あこが》れて弟子《でし》入り（？）してきた中学生の女の子。一瞬《いっしゅん》、どこぞのお嬢《じょう》さんかと思ったのは、彼女が小洒落《こじゃれ》た私服姿だったからだ。やたら大きなバックパックを背負って、野球帽《ぼう》を被《かぶ》っている。小柄《こがら》な彼女によく似合う服装だった。

なぜ城山《しろやま》さんが、俺の家に？

何の用事だ？　あ、もしかして日葵《ひまり》に用事があって、間違《まちが》って俺のところに……でも、それなら住所を知ってるのはおかしいし……。

とか一人で考えていると、城山《しろやま》さんはにかっと快活な笑顔《えがお》で言った。

「悠宇《ゆう》センパイ！　住み込みで修業《しゅぎょう》に来ました!!」

……なるほど。

日葵《ひまり》と別れたクリスマス。

朝から城山《しろやま》さんがやってきた。

その上で住み込みの修業《しゅぎょう》。

もはや渋滞《じゅうたい》する情報量に——俺は完全に理解した。

さては俺、まだ夢の中だな！

M
RFOR

I

〝愛の後悔〟

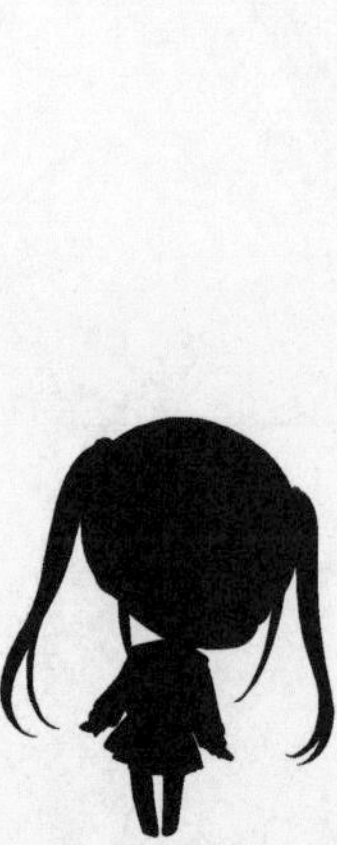

冬休み。

それは学生にとって、ひと時のオアシス。

夏休みと比べて短すぎる連休は、その割にやらなきゃいけないことが盛りだくさんで、連休というよりは課外学習みたいな感覚もある。

宿題、年末の大掃除《おおそうじ》などの年越《としこ》しの準備、年が明けて祖父母の家に顔を出して微妙《びみょう》に退屈《たいくつ》な時間を過ごしたり、親戚回《しんせきまわ》りなど気が乗らない時間を浪費《ろうひ》する。

うちもけっこう忙《いそが》しい。コンビニのバイトやパートが正月休みに入るので、この時期はほぼ家族だけでシフトを回さなくてはいけなくなるのだ。

個人経営だし休みにすればいいのに……とは思うけど、何でもこの時期は帰省客が地元の珍《めずら》しいお土産《みやげ》や地酒を買いにくるとかで、案外、売り上げが馬鹿にならないらしい。うちの母さんの経営戦略のセンスが光っている。

……なぜこの才能が俺に受《う》け継《つ》がれなかったのだろうか。アレ？　もしかして俺だけ橋の下で拾ってきたってのマジなの？

とにかく、そんな学生にとって儚《はかな》くも忙《いそが》しい冬休み。

なぜか知り合いの中学生が、俺の家のリビングでお茶を飲んでいた。

……いかん。意外性のある展開に圧倒《あっとう》されて普通《ふつう》に侵入《しんにゅう》を許してしまった。

いや、別に城山《しろやま》さんなら家に上がってもらってもよかったんだけど。玄関先《げんかんさき》で追い返すのもアレだし。

でもどうしよう。

昨日、日葵《ひまり》とあんなことがあって気持ちが切《き》り替《か》わってないから、微妙《びみょう》に気まずいな。それにそろそろシフトの時間だし、用事があるなら手短にしないと。てか「住み込みで修業《しゅぎょう》に来ました！」って何なの？　どういう……んん？

そういえば昨夜、咲姉《さくねえ》さんが何か言ってたような……。

「あっ。もしかして今日から入る新しいバイトって、城山《しろやま》さんのこと？」

俺と年の近い女の子が、冬休みに短期でバイトに入るって言っていた。

それなら色々と辻褄《つじつま》が合う。おそらく文化祭のとき、日葵《ひまり》か咲姉《さくねえ》さんと連絡先《れんらくさき》を交換《こうかん》していたんだろう。それでお小遣《こづか》い欲しさにバイトに申し込んできて……と一人でいい感じに納得《なっとく》している と。

「え？　何のことッスか？」

違《ちが》ったらしい。

なんか素《す》で聞き返されてしまった。俺は名探偵《めいたんてい》にはなれないらしい。けっこう自信あっただけに、めっちゃ恥《は》ずかしいわ。

「じゃ、じゃあ、なんでうちに……？」

「冬休みなので住み込みで修業《しゅぎょう》に来ました！」

うん、さっきも聞いたよ。

再会したばかりの頃《ころ》の榎本《えのもと》さんにも同じこと思ったけど、この子もゲームの村人なの？　決まった言葉しか発せない呪《のろ》いでもあるの？

すっごい綺麗《きれい》な笑顔《えがお》で俺の返事を待つ城山《しろやま》さんに、もっと詳《くわ》しく聞いてみた。

「……何の修業《しゅぎょう》？」

「もちろんアクセ作りッス！」

「ああ、なるほど。まあ、そうだよな。それはわかったけど……あれ？」

そういえば、城山《しろやま》さんって〝you〟は日葵《ひまり》だって勘違《かんちが》いしてたんじゃないのか？　いや、さすがにあんな嘘《うそ》、まだ信じてるほうがおかしいけど。

「なんで俺がアクセを作ってると……？」

「さっき日葵《ひまり》センパイに教えてもらいました！」

ああ、なるほど……え？

「日葵《ひまり》に？」

「はい！　実はさっき、日葵《ひまり》センパイのお家《うち》に行ったんです！」

「……ああ、そういうことか」

つまり、こういうことだ。

城山《しろやま》さんは、まだ日葵《ひまり》のことを〝you〟だと勘違《かんちが》いしていた。

そして強化合宿（？）をしようと、朝から日葵《ひまり》の家に押し掛けたらしい。そこで真実を聞いて、俺の家に切《き》り替《か》えたのだろう。クリスマス当日に修業《しゅぎょう》開始とは、いろんな意味でエネルギッシュな子だなあ。

城山《しろやま》さんはバックパックから、布で作った大量のクリスマスの飾《かざ》りを取り出した。そしてフッとアンニュイな笑《え》みを浮《う》かべる。

「みんなでクリスマスパーティしようと思って、たくさん飾《かざ》り作ってきたんスけど……」

「うっ……」

「クリスマスに別れるカップルって、本当にいるんスね……」

「それは申し訳ない……」

おそらく俺と日葵《ひまり》の昨夜の騒動《そうどう》も聞いたのだろう。

事前申請《しんせい》するものじゃないけど、余計な労力を使わせてしまったようだ……。

「城山《しろやま》さん。事の成り行きはわかった。でも、強化合宿……っていうのは待ってほしい」

「ダメなんですか？」

「まあ、突然《とつぜん》のことだし。昨日のことも割り切れたわけじゃないんだ。これからの運営方針も考えていかないといけないし、さすがに……」

「ガーン」

この子、また自分で「ガーン」って言ったな……。

「アクセのスキル上げたいっていうのは、俺も同感だ。何か目標があるのはいいと思うし、俺にとっても励《はげ》みになるよ。だから日を改めて……」

「えーっ！　嫌《いや》ッス！　今日からやりたいです！」

「そう言われても……」

めっちゃ押しが強い！

なんだ？　なんでそんなにアクセ修業《しゅぎょう》を？　……そういえばこの子、〝you〟に憧《あこが》れて文化祭に押し掛けてくる子だもんなあ。

「てか城山《しろやま》さん、中学三年生でしょ？　今年、受験じゃ……」

「もう終わってるッス。推薦《すいせん》でセンパイたちの高校に決まってます」

「マジか……」

これは、アレですね。

勉強が弱いの、本格的に俺だけ疑惑《ぎわく》ありますね……。

そういえば俺も三年からの受験やらテストやら、どうするんだろ。いまは以前の雲雀塾《ひばりじゅく》の利息でどうにかやってるけど、そこまで記憶《きおく》が維持《いじ》できてる可能性は低そうだ。

「お願いします！　掃除《そうじ》でも洗濯《せんたく》でも何でもやります！」

「なんで住み込みにこだわるの？」

「なんか修業《しゅぎょう》っぽくて面白そうッス！」

「本音」

実はこの子、何も考えてなかったわ。

この手のパッションで生きてる子、理屈《りくつ》で言っても聞かないんだよな。俺にはわかる。だって俺も割とそのタイプだし……。

どうしようと迷っていると……騒《さわ》ぎを聞きつけたらしい咲姉《さくねえ》さんが、二階から下りてきてリビングを覗《のぞ》いた。

「愚弟《ぐてい》。朝から何を騒《さわ》いでんの？　準備が終わったら、さっさとコンビニのほうに……」

と、城山《しろやま》さんを目に留めて、嫌《いや》そ～な顔になる。

「……あんた。日葵《ひまり》ちゃんと別れて翌朝に別の女の子連れ込むとはやるじゃない。そこに直りなさい。介錯《かいしゃく》してやるから」

「どう見ても違《ちが》うだろ!?」

頼《たの》むからキッチンで包丁を取り出すのやめて!?

俺が事情を説明すると、咲姉《さくねえ》さんがため息をついた。

「はあ。そういえば、文化祭にこんな子いたわねえ。愚弟《ぐてい》、いたいけな少女を洗脳して師弟《してい》プレイに興じるとはいいご身分ね」

「言い方。絶対に朝早く起こされたの根に持ってるだろ」

「わかってるじゃない。あー、二日酔《ふつかよ》いで頭痛い……」

「あの後、どんだけ飲んでたんだよ……」

聖夜に一人で深酒とか、うちの咲姉《さくねえ》さんが残念すぎる……いや、俺も人のこと言えないんだけど。やっぱ血筋ってことなのかな。よかった。俺やっぱり橋の下で拾ってきた子じゃないんだ……。

その咲姉《さくねえ》さんは、城山《しろやま》さんのツインテールを引っ張って遊んでいる。……城山《しろやま》さんはされるがままにニコニコしてて、なんか従順な小型犬って感じ。

「まあ、いいんじゃないかしら。愚弟《ぐてい》にはいい刺激《しげき》になるでしょ」

「咲姉《さくねえ》さん、可愛《かわい》い女子に弱すぎない？　前に榎本《えのもと》さんが勉強会に来たときは絶対に阻止《そし》したのに……」

「それはあんたが一人で騒《さわ》いでただけ。私は別にお泊《と》まりでもよかったのよ。どうせあんたに手を出す甲斐性《かいしょう》なかったんだから」

「咲姉《さくねえ》さん……」

いや否定できないんだけどね？

この人、勉強会にかこつけて可愛《かわい》い女子たちを侍《はべ》らす気満々だったな……。

「それに芽依《めい》ちゃん、うちの愚弟《ぐてい》のこと男として見てないでしょ？」

「咲姉《さくねえ》さん？　中学生に何を言わそうとしてるの？」

「いいじゃない、減るもんじゃなし。あんたも気になるでしょ？　日葵《ひまり》ちゃんや凛音《りおん》ちゃんからは本音は聞けないものね」

「どういう意味だよ⁉」

別に自分の顔面に自信あるわけじゃないけど、さすがにグサッとくるわ。

すると返事を促《うなが》された城山《しろやま》さんは、ものすごく無垢《むく》な笑顔《えがお》で首をかしげる。

「センパイがどうしてもってお願いするならいいッスよ？」

あ、これ奴隷契約《どれいけいやく》のほうですね……。

いや、別に悲しくないけどさ。城山《しろやま》さんは〝you〟をアクセの先輩《せんぱい》として尊敬してるだけだし。それも日葵《ひまり》の人柄《ひとがら》に惚《ほ》れたって部分が大きい。つまり俺が男として魅力《みりょく》的かどうかなんて問題じゃないのだ。だから何と言われようとも悲しくない。本当だよ？

（まあ咲姉《さくねえ》さんがいいって言うなら、別にいいんだけど……）

昨日のこともあるし、どうせ一人じゃ気が滅入《めい》るだけなのもわかってる。気を紛《まぎ》らわせたいというのも本当だ。城山《しろやま》さんはアクセ制作にまっすぐだし、俺にとってもいい気分転換《てんかん》になるかもしれない。

（……でも、なーんかさっきから違和感《いわかん》があるんだよな）

妙《みよう》に出来すぎてるっていうか。俺が何も考えたくないってのもあるんだけど、流れがスムーズすぎて気持ち悪い。うまいこと城山《しろやま》さんに乗せられすぎてるような感じ。

……とか考えていると、咲姉《さくねえ》さんが言った。

「それでも年頃《としごろ》の娘《むすめ》さんだし、親御《おやご》さんに連絡《れんらく》しておかなくちゃいけないわね。ちょっと電話するから、お家《うち》の番号を……」

「……っ⁉」

おや？

なんか城山《しろやま》さんが「ギクゥ！」って感じで身体《からだ》を震《ふる》わせた。

当然、咲姉《さくねえ》さんも気づいた。二人でじとーっとした目で、彼女を見つめる。

「……城山《しろやま》さん？」

「あ、いえ！　うちに連絡《れんらく》は大丈夫《だいじようぶ》ッス！　お姉《ねえ》には、ちゃんと言ってあるんで！　許可はもらってます！　お店が忙《いそが》しいんで、電話はいらないと思います！」

……なんか急に、しどろもどろになってきたぞ。

視線も泳いでるし、汗《あせ》がだらだら流れている。さすが従順な小型犬。嘘《うそ》つけない性格なんだろうなあ……。

「城山《しろやま》さん。本当のこと教えてほしい。何が目的なの？」

「ほ、本当のことなんて、ないッス……？」

なんで疑問形なんですかねえ。

これはいよいよ怪《あや》しい。てか、クリスマスに急に住み込み修業《しゅぎょう》に押し掛けるとか、よく考えなくとも普通《ふつう》じゃないよな。俺の思考能力、下がってんなあ……。

しかしこの状況《じょうきょう》をどうしようか。城山《しろやま》さんの感じだと、言いそうにない……あっ。

「そういえば文化祭の後、城山《しろやま》さんのお姉さんが経営している雑貨店のインスタ見たな。あれに連絡先《れんらくさき》が……」

「あーっ！　ごめんなさいッス！　お願いですから、お姉《ねえ》に連絡《れんらく》するのはやめてください！」

とうとう折れた。

どうやら住み込みの修業《しゅぎょう》というのは、何かの方便のようだ。その事情を、城山《しろやま》さんは観念して語りだした。

そして、それによると……。

「家出してきた？」

「……はいッス」

俺は眉間《みけん》を押さえる。

寝不足《ねぶそく》もあって、頭が痛くなってきた。

「なんで家出を？　お姉さんと喧嘩《けんか》？」

「ま、まあ、そうッスね。そんな感じッス」

「原因は？」

城山《しろやま》さんが、明後日《あさって》の方向を見て口元を引きつらせる。

微妙《びみょう》に視線を逸《そ》らしながら、指をイジイジして言った。

「……あ、あたしが楽しみにしてたプリン、お姉《ねえ》が食べちゃって」

ぜってえ嘘《うそ》だろ。

何その適当すぎる理由。イマドキの女子中学生がプリン食べられて家出する？　平成のアニメじゃないんだぞ。

「とにかく、うちに来た理由はわかった。でも、なんで俺のところに？　あ、最初は日葵《ひまり》のところに行ったんだっけ？」

「は、はい……」

「学校の友だちとかは？」

途端《とたん》、城山《しろやま》さんがかあっと顔を赤らめる。

何か察した咲姉《さくねえ》さんが、テーブルの下で鋭《するど》くわき腹を突《つ》いてきた！

「ぐはあ……っ！」

「あんた、ちょっと考えればわかるでしょ。本当に愚弟《ぐてい》ね」

「あ、そうだった……ごめん、城山《しろやま》さん……」

文化祭のときに軽く聞いたけど、城山《しろやま》さんって学校で浮《う》いてるって言ってた。俺の失言癖《しつげんぐせ》ってどうにかならないのかマジで……。

城山《しろやま》さんは小学校の頃《ころ》、同級生たちといざこざがあった。それから周囲とは馬が合わなかったが……そんなときに、俺たちの中学の文化祭で日葵《ひまり》に出会い勇気をもらったらしい。俺も同じくらいの年頃《としごろ》のときは似たような境遇《きょうぐう》だったし、他人事《ひとごと》とは思えなかった。

……でも、なるほど。それで背に腹は代えられないって感じで、俺のところに来たのか。そりゃそうか。避難《ひなん》先になる友だちがいるなら、こんなところ来ないよな。となると、いよいよ喧嘩《けんか》の原因は深刻そうだ。

（このまま追い返すのは、よくないよな……）

でも、俺のところに泊《と》めるのはどうなんだ？

咲姉《さくねえ》さんもいるけど、一応、男子だし。さっき実質NG宣言されてたけど。べ、別に傷ついてるわけじゃないんだからね！　状況《じょうきょう》の整理として仕方なく言っただけなんだから！　だからなんでツンデレなんだよ……。

「そうだ。それなら榎本《えのもと》さんに頼《たの》んでみるのはどうかな？　やっぱり女子同士だし、何かと都合がいいと思うんだけど」

「……凛音《りおん》センパイ、なんか怖《こわ》いッス」

そうなあ。

そういえば文化祭で、かなり威嚇《いかく》しちゃってたしなあ。正直なところ一番面倒見《めんどうみ》がいいんだけど、まだ付き合い短いしわからないよなあ。

それに今日はクリスマスだ。昨日ほどではないけど、洋菓子《ようがし》店は忙《いそが》しいはず。城山《しろやま》さんを押し付けるわけにはいかない。

咲姉《さくねえ》さんがため息をついた。

「どんな理由があっても、他所《よそ》の娘《むすめ》さんを預かるなら親御《おやご》さんに連絡《れんらく》するのは義務よ。それが嫌《いや》なら、うちには置けないわ」

「うっ」

城山《しろやま》さんがたじろいだ。

……咲姉《さくねえ》さんって普段《ふだん》はいい加減だけど、こういうところはしっかりしている。誤魔化《ごまか》されないと察した城山《しろやま》さんは、それを受け入れた。

「わ、わかりました……」

よほど家に帰りたくないのだろうか……。

城山《しろやま》さんはいい子だけど、家族と喧嘩《けんか》くらいするよな。それは俺もよくわかる。咲姉《さくねえ》さんにどやされた日とか、マジで帰りたくないし。まあ、避難《ひなん》するところっていえば日葵《ひまり》ん家《ち》くらいしかないんだけど……あんまり頼《たよ》るとマジで義弟《おとうと》にされちゃうから……。

咲姉《さくねえ》さんはうなずくと、城山《しろやま》さんの家に電話するためにリビングを出て行った。

「城山《しろやま》さん、もう心配しなくていいから。咲姉《さくねえ》さんに任せておけばいいよ」

「はい。ごめんなさいッス……」

城山《しろやま》さんがシュンとする。

嘘《うそ》をついていたことは申し訳なく思っているらしい。

「とりあえず、うちの空き部屋を使っていいよ。結婚《けっこん》して出ていった姉さんたちの部屋なんだ。来客用に、普段《ふだん》から使えるようにしてるし。アクセの勉強もするなら、机とかも自由に使っていいからさ」

「ありがとうございます！」

少し元気が出たようだ。

城山《しろやま》さんが「むふーっ」と意気込んで言う。

「あたし、頑張《がんば》ってお家《うち》の掃除《そうじ》とかやりますんで！　悠宇《ゆう》センパイが好きそうなのも用意してます！」

「へ、へえ。楽しみにしておくね……」

俺が好きそうなのって何？　なんかトラブルの予感しかねえなあ。

まあ、咲姉《さくねえ》さんなら無下にはしないだろう。あの人、可愛《かわい》い女子大好きだし。

……と、城山《しろやま》さんのことが落ち着いたところで。

俺は少しそわそわしながら、さっきから気になっていた話題を切り出した。

「ところで、城山《しろやま》さん」

「なんスか？」

「日葵《ひまり》の家にも行ったんだよね？　その……どんな感じだった？」

「………………」

そうなのだ。

あの騒動《そうどう》から一夜明け……あんな感じで別れた日葵《ひまり》はどうしているのか。めっちゃ気になってしょうがない。

真木島《まきしま》に聞かれたら「ナハハ、さすがはナツだ。相変わらずナヨナヨしたやつだなァ」と罵《のの》られること必至《ひっし》。いや、だってあんな形で別れたのに平然とされてたら、それはそれで死にたくなるじゃん……。

さっきとは違《ちが》う意味でドキドキしていると、城山《しろやま》さんは何とも言えない表情で答えた。

「うーん。日葵《ひまり》センパイは普通《ふつう》でしたけど……」

「え、マジで？」

「はい。『アタシと悠宇《ゆう》、別れたから。もうアクセの活動もしない』ってあっさり……」

「…………」

俺はその場にうなだれた。

さすがは稀代《きたい》のモテ女子。別れ話なんて慣れっこですよってか。こんだけメンタル喰《く》らってるの俺だけかよ畜生《ちくしょう》。いや別にいいけどさ。でもなんか負けたみたいでムカつく……。

そして城山《しろやま》さんから気の毒そうな視線を向けられてしまっている。さっきとは完全に立場が逆転した……。

「だ、大丈夫《だいじょうぶ》ッスよ！　悠宇《ゆう》センパイ、もともと日葵《ひまり》センパイに釣《つ》り合《あ》ってる感じしなかったッス！　そのうちいい感じの人と出会えます！　きっと！　おそらく！　た、たぶん？」

「城山《しろやま》さん、城山《しろやま》さん。それ以上はいけない……」

この子、実は俺のこと嫌《きら》いなのかな？

はあっとため息をついて、スマホをタップする。

こういうときってラインのＩＤ消すのが普通《ふつう》なのか？　それとも残すのがいいのか？　恋愛《れんあい》経験が乏《とぼ》しすぎて正解がわからん。いや、まだ同じクラスだし、いきなり消すのも嫌味《いやみ》っぽくてダメな気が……。

……と、どうでもいいことをウジウジ考えていると、咲姉《さくねえ》さんが戻《もど》ってきた。

「芽依《めい》ちゃん。お姉さんとお話しして、しばらくうちで預かることに……って、愚弟《ぐてい》？　なんであんたが干《ひ》からびてんのよ？　エジプトのミイラみたいよ？」

「なんでもないっす……」

言えない。

咲姉《さくねえ》さんに言ったら、絶対にボロクソ揶揄《からか》われる。俺が干《ひ》からびたミイラに徹《てっ》していると、咲姉《さくねえ》さんは城山《しろやま》さんへ向いた。

「ということで、芽依《めい》ちゃん。お姉さんには連絡《れんらく》したし、気が済むまでうちにいなさい」

「お世話になります！」

城山《しろやま》さんがパアッと顔を明るくした。

咲姉《さくねえ》さんもウンウンと満足そうにうなずいている。……あれ？　てっきり一日か二日くらいのことだと思ってたんだけど、けっこう長期スパン想定してる？　もしかして冬休み中いるってことはないよね？

俺に芽生えた不安をよそに、二人はさらに親睦《しんぼく》を深めていく。

「芽依《めい》ちゃん。私が〝you〟の姉であるということは、私はあなたの姉も同然よ」

「そうなんスか⁉」

「そうよ。かつて師弟《してい》の関係とは、血筋の関係より強固であったというの。つまりこの愚弟《ぐてい》を師と仰《あお》ぐなら、同時に私の妹になるということ」

「勉強になります！」

なんか雲雀《ひばり》さんみたいな洗脳始まった。

咲姉《さくねえ》さん、絶対にいらんこと企《たくら》んでるだろ。俺にはわかる。なんせ十六年、この人の弟をやってるんだ。

そして疑惑《ぎわく》を確信に変える一言があった。

「よって、この家の仕事は、あなたの仕事も同然よね？」

「咲姉《さくねえ》さん？　そろそろわかったよ？　うまいこと言いくるめて城山《しろやま》さんに年末の大掃除《おおそうじ》させる気でしょ？」

咲姉《さくねえ》さんが目尻《めじり》に指をあて、うそ泣きをする。

「可哀《かわい》そうに。この愚弟《ぐてい》は昨夜の恋人《こいびと》との別れのショックで、他人が信じられなくなってるの。芽依《めい》ちゃんも、いまはそっとしておいてあげなさい」

「なるほどッス！」

なんでだよ。明らかに俺のほうが城山《しろやま》さんの味方のはずだろ。この子、やっぱり俺のこと嫌《きら》いなのでは？？

「咲姉《さくねえ》さん。さすがに住居をダシに家の仕事させるのはどうなの……？」

「人聞きが悪いわね。せっかくの冬休み、社会勉強も必要よ」

そんな咲姉《さくねえ》さんの詭弁《きべん》……ありがたいアドバイスに、城山《しろやま》さんは意気込んでいる。

「悠宇《ゆう》センパイ！　あたし頑張《がんば》ります！」

「いや、城山《しろやま》さんがやる気ならいいんだけど……」

咲姉《さくねえ》さんがフッと勝《か》ち誇《ほこ》る。

「そうよ。それに私が楽できるじゃない」

「本音」

この人、そういう人だったわ。

話がまとまったところで、咲姉《さくねえ》さんが大きな欠伸《あくび》をした。

「じゃあ、愚弟《ぐてい》。あんたはさっさとコンビニ行きなさい。ついでに芽依《めい》ちゃんのこと、父さんに言っといてね」

「ええ。許可したのは咲姉《さくねえ》さんじゃ……」

「私は芽依《めい》ちゃんに家のこと教えてあげなきゃいけないでしょ。これも姉孝行と胸に刻んで労働なさい」

「そんなこと言って、城山《しろやま》さんを侍《はべ》らせたいだけだろ……」

この人、美少女大好きだからなあ。日葵《ひまり》なき現状、新しい美少女を求めているのが手に取るようにわかる。いや、死んでないんだけどね……。

そして城山《しろやま》さんからはエールを送られる。

「悠宇《ゆう》センパイ！　お仕事、頑張《がんば》ってください！」

「……うっす」

まあ、別にいいんだけどさ……。

いまは何も考えずに手を動かしていたい気分だし。別のことに集中できれば、気晴らしにもなるかもしれない。

そんなことを考えながら、俺はバイトの支度《したく》を始めた。

♣♣♣

城山《しろやま》さんを咲姉《さくねえ》さんに任せて、向かい側にあるコンビニへ向かった。

うちの前を通る道路の前で車を確認《かくにん》し、足早に渡《わた》っていく。田舎《いなか》によくある、やたら駐車場《ちゅうしゃじょう》が広いコンビニ。

イマドキ珍《めずら》しい個人経営の店で、コンセプトは地産地消。営業担当の母さんが地元のいろんな商品をかき集めて、父さんが店長として店で売るスタイルだ。

ということで夏目《なつめ》家において、母さんは不在の場合が多い。とりあえず城山《しろやま》さんのことは、まず父さんに報告しよう。

……しかし知り合いの中学生の子がうちにいるって妙《みょう》な気分だな。

城山《しろやま》さんとは日葵繋《ひまりつな》がりだと思ってたから、まさかこんなことになるとは思わなかった。いや、せっかくできたアクセ仲間なんだから、俺も仲良くできればいいけど。

店の裏口から入ると、バックルームに直通だ。

バックルーム。

いわば事務室みたいなものだ。狭《せま》い部屋の中に、最低限のロッカーや机などが置かれている。壁《かべ》にはシフト表が張り出してあって、自由に記入するようになっていた。榎本《えのもと》さん家《ち》の洋菓子《ようがし》店にも、裏にこういう部屋があった。

そのパソコンの前にいる穏《おだ》やかそうな眼鏡のおじさんが、俺の父さんだ。

父さんは一日の大半をここで過ごしている。朝の缶《かん》コーヒーを飲みながら、こちらに顔を上げた。

「おお、悠宇《ゆう》。おはよう。……あれ？　なんか疲れてないか？」

「えっと、ちょっと複雑なことになってて……」

城山《しろやま》さんのことを説明する。

すると父さんは、穏《おだ》やかに笑った。

「ハハ、咲良《さくら》らしいなあ。その城山《しろやま》さんの親御《おやご》さんは？」

「お姉さんと二人暮らしで、そっちは咲姉《さくねえ》さんが電話してたよ」

「なるほど。それじゃあ、いいんじゃないかな。あとで寝《ね》に戻《もど》ったときに、ぼくも挨拶《あいさつ》しておくよ」

「いいんだ……」

事後報告しておいてなんだけど、そんな簡単に了承《りょうしょう》するものでもないような気がする。

「まあ、ちょうど冬休みだからね。難しい年頃《としごろ》だし、ああしろこうしろって言いつけるのもよくないから」

さすが父さん。あの凶悪《きょうあく》な姉三人を育てただけあって、余裕《よゆう》の対応だった。

そもそも夏目《なつめ》家は女帝《じょてい》一家だから、男性陣《じん》が意思決定に背《そむ》くことが少ないんだよなあ。そのおかげで父さんとは変な仲間意識があって、反抗期《はんこうき》とかにある父親との確執《かくしつ》みたいなことは経験がない。

とりあえず城山《しろやま》さんの報告が一段落すると、父さんは話題を変えた。

「悠宇《ゆう》。そういえば、新しいバイトの子のことは知ってる？」

「昨日の夜、咲姉《さくねえ》さんからざっくり聞いただけ。俺に指導係やれって言ってたけど……」

「そうそう。冬休み中の短期バイトで応募《おうぼ》してきた子だから、基本的なことだけしてもらえばいいから」

「レジ打ちと商品整理と……あとは掃除《そうじ》くらい？」

「そうだね。一応、悠宇《ゆう》か父さんがいるときにシフトを組むことにしてるから……あれ？　そういえば悠宇《ゆう》、冬休みの間はどうするんだい？　日葵《ひまり》ちゃんと出かける予定とかは……」

うっ。

昨夜の日葵《ひまり》との顛末《てんまつ》、そういえば知らないんだったな……。

「……えっと、冬休みはこっちのバイトに集中するよ。昨日まで洋菓子《ようがし》店のバイトに出させてもらったし。うちにいるときは城山《しろやま》さんとアクセ作りを頑張《がんば》るつもり」

「そうか。まあ、日葵《ひまり》ちゃんを寂《さび》しがらせないようにな。あんな出来た娘《むすめ》さん、悠宇《ゆう》にはもったいないから」

「…………」

昨日の惨劇《さんげき》を自分で説明するのがしんどすぎて、つい流してしまった。まあ、いいんだ。どうせ夕方には咲姉《さくねえ》さんが来て、面白《おもしろ》おかしく全部バラしてくれるからさ……。

今はとにかく、日葵《ひまり》のことはあまり考えたくない。そういう意味では、城山《しろやま》さんの家出騒動《そうどう》はちょうどよかったのかも……。

俺が一人でアンニュイに浸《ひた》っていると、父さんが椅子《いす》から立ち上がる。

「じゃあ、そのバイトの子を紹介《しょうかい》するよ。もう来てるんだ。店のほうで待ってもらってる」

「あ、そうなの？　すぐに準備する」

ロッカーから店のロゴが入ったエプロンを取り出して、慌《あわ》てて身に着けた。

「父さん。その新しいバイトの子、どんな子？」

「悠宇《ゆう》と同じ高校の生徒さんだよ。だから女の子だけど、悠宇《ゆう》のほうがいいかなって咲良《さくら》と話したんだ」

「あ、そうなんだ？」

「すごく礼儀正《れいぎただ》しくていい子だから、悠宇《ゆう》も先輩《せんぱい》としてしっかりね」

「わ、わかった……」

同じ高校だから大丈夫《だいじょうぶ》ってわけでもないけど……。

バックルームから出るとき、壁《かべ》のシフト表に目を向ける。

米良《めら》さん、か。

新しく見た名前だ。たぶんこの子が、新しいバイトの子だろう。少なくとも、俺の知り合いではないはず……。

(……んん？)

米良《めら》さん……なんか聞き覚えがあるな。

なんだっけ。前にこの名前を聞いた覚えがある。いや、でも俺に一年生の知り合いはいないと思うんだけど。それも女子？

(まあ、会ってみればわかるか……)

緊張《きんちょう》しながら、父さんのあとをついていく。

その父さんは、雑誌コーナーの前で待っていた女の子に声をかけた。

「米良《めら》さん、待たせたね。うちのバイトリーダーが来たから紹介《しょうかい》するよ。わからないことがあったら、何でも聞いてね」

いつの間にかバイトリーダーに格上げされた俺は、それにはツッコまずに挨拶《あいさつ》をする。

うーん、緊張《きんちょう》するな。相手が年下だからって話しやすくなるわけじゃないし。そもそも初対面の女子とうまくやれるんだろうか。

怖《こわ》くない子だったらいいなあ。まあ、父さんが礼儀《れいぎ》正《ただ》しいって言ってるわけだし、大丈夫《だいじょうぶ》だと思うけど……。

ええい、覚悟《かくご》を決めろ。こんなことで尻込《しりご》みしてたら、将来マジで不安だぞ。

「初めまして、夏目《なつめ》悠《ゆう》宇です。指導係として頑張《がんば》りま……す?」

んん?

目の前の女子を、じっと見つめる。

外に跳《は》ねるミドルボブの、小柄《こがら》な女子だった。

ちょっと目つきがきつくて、気の強そうな印象だ。

いかにもお洒落《しゃれ》にうるさそうで、正直に言えば苦手なタイプだと思う。

でも好きな先輩《せんぱい》について話すとき、何となく幼くなる表情がいいと思っ……んんん?

最後のは何だ?

好きな先輩《せんぱい》について話すとき、表情が幼くなる?

なんでそんなことを知っている?

不穏《ふおん》な心中にお構いなく、その女子が俺に顔を向けた。

この顔、やっぱり記憶《きおく》にある。

なんだっけ。すごく強烈《きょうれつ》な思い出だったような……ああっ！

その子は緊張《きんちょう》した様子で、ぺこりと頭を下げる。

「米良《めら》鎌子《かまこ》です。よろしくお願いしま――……んがっ⁉」

そして彼女も、俺と同じ事実に気づいた。

途端《とたん》に目を見開いて、だらだらと冷《ひ》や汗《あせ》を流しだす。

「あ、あ……」

「…………」

思い出した。

俺は確かに、この子を知っている。

でも、あんまりいい思い出ではない。

思い出すのは、今年の七月のこと。

あの日葵《ひまり》との怒涛《どとう》の夏休み。
その前の出来事。
日向灘《ひゅうがなだ》の粘《ねば》っこい風が暖かくなり、再び汗《あせ》ばむ季節。
小雨《こさめ》が降る、湿気《しっけ》の多い日。
じめっとした校舎の隅《すみ》。
並んだ自販機《じはんき》。
女子生徒二人の話し声。
炭酸飲料がしゅわりと弾《はじ》ける音。
米良《めら》鎌子《かまこ》さん。
うちの高校の一年生。
ここら辺でも珍《めずら》しい苗字《みょうじ》だったから、記憶《きおく》の片隅《かたすみ》に引っかかっていた。
……俺が作ったクロッカスのアクセを、グレープジュースの海に沈《しず》めた下級生だった。

米良

♡♡♡

クリスマス当日。

わたしの家の洋菓子《ようがし》店は、例年通りの忙《いそが》しさだった。

昼前には客足が止まり、それからクリスマス装飾《そうしょく》の片付け。だいたい終わった頃《ころ》、ちょうどお昼過ぎになっていた。

すっかり風邪《かぜ》が治ったお母さんは、朝からフルパワーで働いていた。そして最後のホールケーキがなくなると店を閉め、ニコニコしながら手を叩《たた》く。

「それじゃあ、お昼ご飯にしましょうか♪」

うちの洋菓子《ようがし》店は、クリスマス当日は昼で店を閉め、パートさんたちを労《ねぎら》うために食事を振《ふ》舞《ま》う習慣があった。

リビングにみんなで集まって、わいわいと食事をつまむ。

先日、ゆーくんたちとやったクリスマス会と似たようなメニューだけど、これがパートさんたちにはすごく喜ばれる。甘ったるいケーキの匂《にお》いに包まれる数日間から解放され、身体《からだ》が塩気のあるものを求めるのだ。

楽しげに食事をするみんな……この店の人たちは、本当に仲がいい。みんな地域の人たちっていうのもあるんだろうけど、やっぱりお母さんの人柄《ひとがら》によるものだろう。

そんなみんなを、少し離《はな》れたテーブルから見つめる。ぼんやりとスマホをいじっているわたしに、お母さんがフライドポテトを持ってきた。

「凛音《りおん》、どうしたの？　あんまり食べてないじゃない？」

「べつにー……」

テーブルにべたーっと突《つ》っ伏《ぷ》して、ゆるめに会話を拒絶《きょぜつ》する。適当なスマホゲームをタップしながら、早く時間すぎないかなーと考えた。

お母さんは頬《ほお》をぷくーっと膨《ふく》らませて、わざとらしくみんなに訴《うった》える。

「もう、昨日からこんな感じなのよ。反抗期《はんこうき》かしら？」

「凛音《りおん》ちゃんが反抗期《はんこうき》なら、世の中みんな反抗期《はんこうき》だよ！」

そうよそうよ、と同調するおばさんたち特有の空気に、わたしはさらに眉根《まゆね》を寄せる。

うーん。みんなのことは好きだけど、この空気感は苦手だなあ。まあ、それを作ってるのがお母さんなので、わたしは何も言えないんだけど……。

そんな中で、パートリーダーのおばさんが何気なく言った。

「夏目《なつめ》くんも来ればよかったのにねえ」

それに別のおばさんが言った。

「あはは。あんた、それはないわよ」

「なんで？」

「あの子、彼女とラブラブなんでしょ？　昨日、ヘルプに来てくれたんだから、今日はそっちで遊んでるわ」

「あら、そうだったわあ。夏目《なつめ》くん、すごく楽しみにしていたものね」

スマホゲームをタップする指が、一瞬《いっしゅん》だけ止まった。それからタタタタタ、と必要以上にタップする。

あ〜もう、なんかイライラする！

もう部屋に戻《もど》ろうかな。でもせっかくクリスマス頑張《がんば》ってくれたみんなに、嫌《いや》な思いさせたくないしな。

するとお母さんが、また余計なことを言い出した。

「みなさん、ダメですよ。夏目《なつめ》くんはうちの婿《むこ》になってもらうんですから」

「え、彼女ちゃんは？」

「まあ、愛の形は一つじゃないですからね」

「きゃ〜。雅子《まさこ》さん、攻《せ》めてるわ〜」

「夜のほうはどうするのかしら」

「代わる代わる？」

「同級生のお友だちなんでしょ？　三人一緒《いっしょ》に……」

「きゃあ〜っ！」

下世話に盛り上がるおばちゃんトーク。

タップしすぎて痛くなる親指。

昨日からなんかイライラする頭。

（〜〜〜〜〜〜っ！）

わたしは立ち上がると、リビングテーブルに向かった。

パートリーダーのおばさんの隣《となり》に腰掛《こしか》けると、お箸《はし》を手に取る。

「あら、凛音《りおん》ちゃん。何か取ってあげ……」

と、わたしは返事をせずに、唐揚《からあ》げの山にお箸《はし》を突《つ》き立《た》てた！

――シン、とリビングが静まり返る。

わたしは大きな口を開けて、それをもぐもぐと平らげていく。大皿が空っぽになると、ソファから立ち上がった。

「ご馳走様《ちそうさま》」

わたしはリビングを出て行く。

すると静まり返ったリビングのほうから、さっきより小さな話し声が聞こえる。

「雅子《まさこ》さん、ごめんなさいねえ」

「つい悪乗りしちゃったわ」

「大丈夫《だいじょうぶ》ですよ。ちょっと虫の居所が悪いだけですから」

それからパートリーダーのおばさんが言った。

「でも雅子《まさこ》さんもダメよ、あんまりからかっちゃ。凛音《りおん》ちゃん、夏目《なつめ》くんのこと好きなんでしょ？」

——ぴく、とわたしは二階への階段で立ち止まった。

そして息を殺し、その会話に聞き耳を立てる。

「ああ、やっぱりねえ。わたしもそうじゃないかって思ってたわ」

「夏目《なつめ》くんが来ると、凛音《りおん》ちゃん、すごく生き生きするっていうか……」

「そうねえ。もう嬉《うれ》しくてしょうがないって感じだものねえ」

「あんなに楽しそうな凛音《りおん》ちゃん、わたし見たことなかったわよ」

「雅子《まさこ》さん、実際のところどうなの？」

「……う〜ん。どうでしょうねえ」

お母さんははぐらかすけど、やっぱり否定しきれない。

「夏目《なつめ》くんの彼女、あの山の下にある犬塚《いぬづか》さん家《ち》の娘《むすめ》さんなんでしょう？」

「ええっ！　あそこのお嬢《じょう》さん⁉」

「やるわねえ。地元じゃ一番の逆玉じゃない」

「ここのケーキも、いつも注文してくださるものねえ」

「でもそれなら、ちょっと相手が悪いわ」

「わたしらは凛音《りおん》ちゃんを応援《おうえん》したいけどねえ」

……わたしは二階に上がって、自室に入った。

窓を開ける。年末の冷たい空気が室内に入り込んで、わたしの長い髪《かみ》をさらった。なぜか少し寂《さび》しい気分になる風だった。

さっきのおばさんたちの会話に、ぽつりと言い返した。

「好きじゃないもん……」

わたしはゆーくんの親友。

そう約束して、その通りに振舞《ふるま》ってきた。うまくやれてる。昨日はちょっと失敗しちゃったけど、ちゃんとひーちゃんを尊重できてる。

でも、傍《はた》から見れば全然そんなことなかった。

おばさんたちにも一目瞭然《いちもくりょうぜん》で、わたしはクリスマスのバイトを口実に好きな男の子と一緒《いっしょ》にいたいように見えていたらしい。

……わたし、ちゃんと親友やれてないのかな。

昨日の夕方──ひーちゃんのところに行くゆーくんの顔が脳裏《のうり》から離《はな》れない。

楽しそうに、嬉《うれ》しそうに、ひーちゃんのことを想《おも》うゆーくんの顔。

嬉《うれ》しそうなゆーくんを思《おも》い浮《う》かべると、わたしも幸せな気持ちになって……そして無性《むしょう》に胸が締《し》め付《つ》けられる。

そもそも、わたしは何でゆーくんの親友になりたかったんだっけ？

わからない。

思い出せない。

なぜかイライラして、わたしはスマホを意味もなくタップする。ラインのアプリを出したり引っ込めたりしながら、意味もなくずーっとしーくんのメッセージ欄《らん》に文字を打ち込んでいった。『あかさばやがやたながだわらざやがふぁささなやががなまなたあださやなからば』って送信すると、しーくんから『なんだ⁉』『この怪文書《かいぶんしょ》は何なのだ⁉』と戸惑《とまど》ったような返信があった。

親指が痛い。

わたしはベッドに寝転《ねころ》がって、天井《てんじょう》を見上げる。

「ゆーくん。いま何してるのかな……」

たぶんひーちゃんとデートだよね。

クリスマスまでは洋菓子店《ようがし》のバイトで、その後はひーちゃんと過ごすって約束だったもんね。

昨日の夜は、二人で何してたんだろ。恋人《こいびと》で過ごすイヴなんだから、きっと普段《ふだん》とは違《ちが》う特別な夜だったんだよね。

わたしができないこと、二人でしてたんだよね……。

(こんな気分を味わうために、わたしは『親友』になりたかったのかな……)

そのときスマホが鳴った。

ラインのメッセージだ。誰《だれ》だろ？　しーくんが何か言ってきたのかな。そんなことを思いながらアプリを開いた。

ひーちゃんからだった。ゆーくんとデートしてるんじゃ……と思ったのも束《つか》の間《ま》、その簡潔なメッセージに心臓が止まるような気がした。

『悠宇《ゆう》と別れた』

◇◇◇

クリスマスイヴから、一夜が明け──午前九時。

「ぷへぇー……」

朝からアタシは抜《ぬ》け殻《がら》になっていた。

ベッドに仰向《あおむ》けになって、ぽやーっと天井《てんじょう》のシミを見つめる。ちょっと前に見つけた顔みたいな模様のシミ……嬉《うれ》しいときも悲しいときも、ずっとアタシのこと見守ってくれてたねマイフレンド。

「ぷへぇー……」

やばい。昨日どうやって帰ってきたかわかんない。

気が付けば家にいた。そして自分の部屋で死んでいた。なんでかベッドからケーキの甘ったるい匂《にお》いがする……あ、アタシの手に、クリームべったりついてる。なにこれ怖《こわ》っ！　起きたらベッドがケーキのクリームまみれとか、怪奇《かいき》現象にしてもファンシーすぎて怖いんだけど！

何があったんだ？

え？　昨日、クリスマスイヴだったよね？

一応、スマホの日付を見ると……今日は十二月二十五日。紛《まぎ》れもなくクリスマス。つまり昨日がイヴ。

悠宇《ゆう》とデートをして、ミラクルハッピーな夜になる……はずだった。

(――そうだ。アタシ、間違《まちが》っちゃったんだ)

自分勝手に〝you〟を脱退《だったい》したくせに、自分勝手に戻《もど》ろうとした。それを悠宇《ゆう》から拒絶《きょぜつ》されたのが悔《くや》しくて、せっかくプレゼントしてくれたケーキ潰《つぶ》して暴れた。

アタシは天井《てんじょう》のシミを見つめ、誰《だれ》にともなく呟《つぶや》く。

「アタシ、どうして間違《まちが》っちゃったのかな?」

するとびっくり。

シミ子ちゃん(仮)が、にこっと微笑《ほほえ》んだ気がした。

『日葵《ひまり》ちゃんは悪くないよ! 悠宇《ゆう》のバカ野郎《やろう》が空気読めないのが悪いんだよ!』

「そっか。そうだよね……でも、アタシも悪かったと思うんだ」

『日葵《ひまり》ちゃんらしくないよ! 全部他人のせいにして知らんふりするのがきみのやり方のはずだよ!』

「そうなー。そっちのほうが楽だもんなー」

そう、楽なんだ。

自分の罪を、真正面から見つめるのは疲《つか》れる。

アタシは激辛《げきから》料理で自分をいじめるのが大好きだけど、自分の罪を受け止められるほど強くはない。

だから嫌《いや》なことは、全部他人のせいにして自分を守る。

悠宇《ゆう》が悪いんだ。

アタシのこと一番に考えてくれないあいつのせいなんだ。

『さあ日葵《ひまり》ちゃん！　ボクと契約《けいやく》して、憎悪《ぞうお》の炎《ほのお》で世界を焼《や》き尽《つ》くそうよ！』

シミ子ちゃんアグレッシヴだなー。

明らかにやっちゃいけないタイプの契約《けいやく》じゃん。この子、悪い妖怪《ようかい》だったのかな？　もしかしてアタシ、虎視《こし》眈々《たんたん》と契約《けいやく》を狙《ねら》われてた？　アタシがこんな感じに育っちゃったの、実はこの子のせいでは？

「でもなー。世界を焼《や》き尽《つ》くしちゃったら、もう激辛《げきから》カレー食べられないからなー」

『じゃあカレー屋さんだけ残して焼《や》き尽《つ》くそうよ！』

憎悪《ぞうお》の炎《ほのお》すごく臨機応変だなー。

ヨーグルッペも飲めなくなったら困るから、残す会社は吟味《ぎんみ》しなきゃいけませんなー。

……とか一人でブツブツ言って遊んでいたら、お母さんがドン引きしながら顔を覗《のぞ》かせていた。

「……日葵《ひまり》。悠宇《ゆう》くんと別れたショックで頭がおかしくなっちゃったの？」

「ち、違《ちが》うし。普通《ふつう》だし、普通《ふつう》」

アタシは慌《あわ》ててベッドから起き上がった。

うーん。昨夜の記憶《きおく》はないけど、どうやらお母さんに顛末《てんまつ》は話しているらしい。いや、アタシの様子に何か察しちゃった可能性もあるけどなー。

「てか何？　人がアンニュイに浸《ひた》ってるんだから、勝手に部屋入んないでほしいんだけど」

「あんたが呼んでも返事しないからでしょうが。お友だち来てるわよ」

「……っ⁉」

もしかして！　悠宇《ゆう》……なわけないか。それならお母さんがこんな回りくどい言い方しないし。

アタシはもう一回、ベッドにぐでーっとなりながら聞いた。

「誰《だれ》？」

「女の子」

「えのっち？」

うわー、今、一番会いたくない相手じゃん。

てか何の用だろ。アタシ何も約束してないよね？　だって今日は、ずっと悠宇《ゆう》といる予定だったし。クリスマス……は関係ないか？　あ、もしかしてお母さんがケーキの配達でも頼《たの》んでたのかな。

「違《ちが》うわよ。年下の小さい女の子。子犬みたいな感じねえ」

「年下？」

「あんたが前に言ってた……文化祭で友だちになった子だったかしら。城山《しろやま》さんって言ってたわよ」

「……芽依《めい》ちゃん？」

アタシのことを〝you〟と勘違《かんちが》いした布アクセサリー作りが上手な女の子。文化祭から何度か遊ぶこともあったけど……今日は何も予定してなかったはず。

ますます何の用だろ？

「会いたくない」

「ちょっと深刻そうだけどいいの？」

「………」

……アタシはため息をついて起き上がった。

「シャワー浴びてくる。客間で待っててもらって」

お風呂《ふろ》に入ってリフレッシュした。

昨日から洗ってない髪《かみ》のべたつきが消えて、少しだけ暗い気持ちが和《やわ》らぐ。シミ子ちゃんは陰陽師《おんみようじ》に頼《たの》んで封印《ふういん》すべき。

そして客間に向かった。

芽依《めい》ちゃんは可愛《かわい》い私服姿で、やけに大きなバックパックを脇《わき》に置いている。アタシを見ると、パッと顔を輝《かがや》かせた。

開口一番。フンスと鼻息を荒《あら》くしながら、気合を入れて叫《さけ》ぶ。

「日葵《ひまり》センパイ！　住み込みで修業《しゅぎょう》に来ました！」

「………………」

あ、なんかあったな。

普段《ふだん》通りを装《よそお》ってるけど、一目で察した。

確かに芽依《めい》ちゃんは自由奔放《ほんぽう》って感じだけど、ちゃんと筋は通す子だ。突然《とつぜん》、他人の家に押し掛けるようなことはしない。文化祭だって、事前に学校に申し込みをして来たし。たぶん学校のことじゃない。だってもう冬休みだ。わざわざここに逃《に》げてくる必要ないもんね。

となると、お家《うち》でお姉さんと喧嘩《けんか》した……とかかな。つまり修業《しゅぎょう》にかこつけたプチ家出ってわけだ。可愛《かわい》いことをしよる。

きっとここで、知らんふりして迎《むか》えてあげるのが年上として正しいんだけど。

……ごめんね。いまはアタシも自分の気持ちで手一杯《ていっぱい》なんだ。

「芽依《めい》ちゃん。それはできないよ」

「うっ……」

芽依《めい》ちゃんがたじろいだ。

それから焦《あせ》りながら、アレコレとアピールを始める。

「えっと！　あたし、冬休みだしアクセ修業《しゅぎょう》したくて！　あ、もちろんお家《うち》のお手伝いもします！　こう見えて掃除《そうじ》とか得意で、お姉《ねえ》はズボラだし、いつも……」

「あのね、そういうことじゃないよ」

アタシは静かに言葉を止める。

そして有無《うむ》を言わさずに、はっきり通告した。

「アタシ、芽依《めい》ちゃんが憧《あこが》れてる〝you〟じゃないの。本当にお花アクセを作ってるのは悠宇《ゆう》で、アタシはそのモデルをしてるだけ」

「…………」

芽依《めい》ちゃんの表情に、特に驚《おどろ》きはなかった。

気まずそうに視線を彷徨《さまよ》わせた後、力なく誤魔化《ごまか》し笑いをするだけだった。

「やっぱりもう知ってたんだね」

「……はいッス」

それには、アタシも気づいてた。

文化祭が終わって、少し経《た》って気づいたことがある。

あの文化祭以降、芽依《めい》ちゃんはアタシのことを「〝you〟様」って呼ばなくなった。いまは日葵《ひまり》センパイって呼ぶ。

そんな芽依《めい》ちゃんは、アハハと気まずそうに両手の人差し指を合わせる。

「文化祭の二日めで、何となく……日葵《ひまり》センパイたちが隠《かく》してるのかなーって……」

うん。ほんとはアタシたちが隠《かく》してるんじゃなくて、芽依《めい》ちゃんが信じてくれなかっただけなんだけど……。

まあ、それはいいか。

それをわかってるなら話は早いよね。

「だから、うちではアクセの修業《しゅぎょう》はできない」

「でも、えっと……」

何か泊《と》めてほしい理由があるんだろうな。

でもアタシには、それを受け止めるキャパがない。

「それに、うちはお兄ちゃんが無理なんだよね。ああ見えて人見知りだし、かなりパーソナルスペース広いタイプだから。知らない人を家に泊《と》めるのとか、ものすごく嫌《いや》がるんだ」

「そ、そうなんスね……」

卑怯《ひきょう》だけど、お兄ちゃんの名前を出した。

まあ、人見知りなのは本当だし。悠宇《ゆう》とえのっちが奇跡《きせき》的に許されてるだけで、たぶん他の人はNGなのは間違《まちが》いない。

芽依《めい》ちゃんは退路を断《た》たれて「あばばばば」って感じになっていた。うーん、アタシからノーって言われると思ってなかったんだろうなー。

それはわかる。アタシって基本的にどんなことでも拒否《きょひ》らないし。

芽依《めい》ちゃんはしばらく考え込んで、ピーンと何かを閃《ひらめ》いた。

「わかりました！　じゃあ、悠宇《ゆう》センパイのお家《うち》に行きます！」

「え……」

芽依《めい》ちゃんはぐっとテーブルに身体《からだ》を乗り出して、アタシの手をぎゅっと握《にぎ》る。

「日葵《ひまり》センパイも一緒《いっしょ》に行きましょう！」

「あー……」

そう来たかー。

いや、状況《じょうきょう》から考えて、そうなる可能性はあった。芽依《めい》ちゃんは何か理由があって、お家《うち》に帰りたくないんだもんね。

えのっちのお家《うち》は……無理か。この子、えのっちのこと苦手だからなー。初対面でアイアンクロー喰《く》らってたし。えのっちが一番面倒見《めんどうみ》いいんだけど、まだわかんないよね。

……いつもなら「オッケー♪」って即答《そくとう》してるところだけど。

「ゴメン。それも無理」

「あ、もしかして今日はダメってことッスか⁉」

「そうじゃなくて……」

アタシはきゅっと胸の前で拳《こぶし》を握《にぎ》った。

肺から嫌《いや》な空気を持ち上げて、ため息と共に吐《は》き出《だ》す。

「アタシ、悠宇《ゆう》と別れたから」

「え……」

途端《とたん》。

芽依《めい》ちゃんの表情が固まって、滝《たき》のような冷《ひ》や汗《あせ》が流れ出す。完全に地雷踏《じらいふ》んじゃった子犬ちゃん状態。映画でこんなの見たことあるな。「足を動かすなーっ！　爆発《ばくはつ》するぞーっ！」って感じのシーン。

「だからアタシは、もう〝you〟の活動も抜《ぬ》ける」

「あ、えっと、その……」

芽依《めい》ちゃんは何か言おうとした。

でもすぐに、素直《すなお》にうなずく。

「……わかりました」

それ以降は、もう何も言わなかった。

大きなバックパックを背負って、うちの家の門をトボトボとくぐっていく。でもふと立ち止まって、こっちに向かって大きく手を振《ふ》った。

「日葵《ひまり》センパイ！　また遊んでください！」

「うん。いいよー」

芽依《めい》ちゃんを見送るとき、ふと口を衝《つ》いて出た。

「悠宇《ゆう》のこと、お願いね」

「………………」

少しだけ躊躇《ためら》った様子を見せたけど……すぐに笑顔《えがお》でうなずいた。

「はいッス！」

そして芽依《めい》ちゃんがいなくなった後。

アタシはうちの縁側《えんがわ》に座って、寒空を見上げた。

今年のクリスマスは、すごくいい感じに晴れてくれた。きっと世の中の恋人《こいびと》たちは、思い思いの一日を過ごしているんだろう。

そんな吸い込まれそうな空を見上げて、アタシはちょっと死にたくなった。

芽依《めい》ちゃんは「なんで別れたんですか？」とは聞かなかった。「なんでモデルは続けないんですか？」とも言わなかった。

芽依《めい》ちゃんは、俯瞰《ふかん》的で冷静な目を持っている。

おかげさまで、文化祭ではコテンパンにされちゃったけど。でもあの販売会《はんばいかい》の欠点を思い返せば、確かに芽依《めい》ちゃんの指摘《してき》はぐうの音も出ないほどの正論だった。

そんな芽依《めい》ちゃんだから、きっとわかっていた。

アタシと悠宇《ゆう》が、気質的にうまくいかないだろうってこと。そしてアタシにとってアクセのモデルは、悠宇《ゆう》を繋《つな》ぎとめる手段でしかないってこと。

悠宇《ゆう》と別れても一緒《いっしょ》に夢を追い続けるほどの情熱を、アタシは持っていない。思えばそのことを、あの子は文化祭のときから見抜《みぬ》いていた節がある。

「……なんかすっきりしちゃったな」

芽依《めい》ちゃんが下手に慰《なぐさ》めようとする子じゃなくてよかった。

ズバッと未練を断《た》ち切られた感じ。介錯《かいしゃく》いたすってひと思いにやってくれてありがとう。あの子、前世は江戸《えど》の首切り役人とかだったかもしれないな。……あんな元気な首切り役人がいたら情緒《じょうちょ》もなくなっちゃうけど。

アタシには、もう一つ仕事が残ってる。

スマホを取り出して、ラインを立ち上げた。

えのっちとのトーク画面を開いて、深呼吸する。

バイバイ、アタシの人生で一番大事な三年間。

Ⅱ

〝危険な戯れ〟

♣♣♣

夕方。

バイトが終わって、俺は家に戻《もど》った。……今日は色々ありすぎて、ちょっと疲《つか》れた。さっさと寝《ね》たい。

そういえば城山《しろやま》さん、どうなったんだろ。咲姉《さくねえ》さんがついてるから問題はないと思うけど、なんかアクセ修業《しゅぎょう》したいって言ってたっけ。

……案外、もう帰ってたりして。

そんなことを考えながら、玄関《げんかん》のドアを開ける。しかし玄関《げんかん》には、女子用の見知らぬスニーカーがちょこんと置かれていた。

どうやら、ガチで泊《と》まる気らしい。まあ、父さんも了承《りょうしょう》してたからいいんだけど。

すると家の中から、軽快な足音が聞こえた。

城山《しろやま》さんが二階から下りてき……て……え？

俺はその光景に固まった。

城山《しろやま》さんは、なぜかメイド服を着ていた。

いわゆるコスプレ系といえばいいのか。布面積大きめのガチンコスタイルではなく、どちらかといえばドンキに売ってそうなミニスカタイプだ。黒と白のコントラストがくっきりとしていて可愛《かわい》らしいけど、この寒い時期にこんなものを着るとは勇気がある。

いや勇気の問題じゃねえよ、とセルフツッコミする間もなく、城山《しろやま》さんがスカートをつまんで頭を下げた。

「おかえりなさいませ、お師匠《ししょう》様ッス！」

「え？　何これ？　どういう世界観？」

うちの一般《いっぱん》家庭の玄関《げんかん》とメイド服、マジで似合わねえ。もしかして俺、日葵《ひまり》との別れのショックで不思議の国に迷《まよ》い込んじゃったのかな？

「城山《しろやま》さん。なんでそんな衣装《いしょう》、持ってきてるの……？」

城山《しろやま》さんがにぱーっと太陽のような笑顔《えがお》で答えた。

「日葵《ひまり》センパイが喜ぶと思って持ってきたッス！」

「あーね。一瞬《いっしゅん》で理解したわ」

この子、もともと日葵《ひまり》の家に泊《と》まるつもりだったんだっけ。

……そういえば今朝、クリスマスパーティの準備してきたって言ってた。この子、きっと形から入るタイプなんだろうな。そこはかとなく、榎本《えのもと》さんのお母さんと同族の匂《にお》いを感じる。

城山《しろやま》さんは、ものすごく得意げに衣装《いしょう》を見せびらかしてきた。

「お姉様に見せたら、これ着て大掃除《おおそうじ》しろって言われたッス」

「ねえ、いま咲姉《さくねえ》さんのことお姉様って言った？　マジで勘弁《かんべん》して……」

てかマジで居候《いそうろう》の中学生に大掃除《おおそうじ》させんなよマイシスター……。

しかし気にしていない城山《しろやま》さんはご機嫌《きげん》そうに、その場で一回転してみせる。ミニスカートがふわりと舞《ま》って目に毒だ。

そして唇《くちびる》の前で人差し指を立て、非常に小悪魔《こあくま》なメイドっぽく言った。

「お師匠《ししょう》様。ご飯にするッスか？　お風呂《ふろ》にするッスか？　それとも……ア・ク・セ？」

「それはメイドじゃなくて新妻ですね……」

食事と同時にアクセ修業《しゅぎょう》を強要してくるあたり、セリフと裏腹に鬼嫁《おによめ》の予感しかしないな。

いやいや。そういうことじゃないだろ。ついペースに乗せられて、ツッコミが変な方向に舵《かじ》を切ってしまった。針路を元《もと》に戻さなければ……。

「……城山《しろやま》さん。そういう悪乗りするタイプだった？」

「せ、せっかく作ったんだし、一回やってみたかったッス……」

てれてれと恥《は》ずかしそうに白状する。

……うーん。なんか日葵《ひまり》とか榎本《えのもと》さんみたいに裏の意図を勘《かん》ぐらなくていい分、素直《すなお》に可愛《かわい》いかもしれない。傍《はた》から見たら中学生にコスプレさせて悦《えつ》に浸《ひた》ってる変態にしか見えないところを除けば、シチュエーションとしては悪くないな。

「ん？　その衣装《いしょう》、もしかして手作り？」

「はいッス！」

「へえ。状況《じょうきょう》はともかくすごいな……」

確かにディスカウントストアで買ってきたものに比べて、生地《きじ》に厚みがあってしっかりしている印象だ。それにスカートの裾《すそ》に布で拵《こしら》えた薔薇《ばら》の花があしらってある。

さすがは城山《しろやま》さんだ。よくできている。俺みたいな素人《しろうと》から見たら、プロが仕立てたものと遜色《そんしょく》ないな。

「咲姉《さくねえ》さんはともかく、俺は嬉《うれ》しいわけじゃないからさ……」

「でも文化祭のとき、みなさん衣装《いしょう》に気合入ってたッスよね。てっきり悠宇《ゆう》センパイの趣味《しゅみ》なのかと思ってましたけど……」

「風評被害《ひがい》も甚《はなは》だしいな！」

そういえば、文化祭では女子たちゴシックドレス着てたもんなあ。

それに城山《しろやま》さんも、初対面で着ぐるみ攻《ぜ》めしてくる子だったわ。たぶん着《き》せ替《か》えとか好きな子なんだろうな。マジでそういうとこ日葵《ひまり》と気が合いそう。

「普通《ふつう》の服があるでしょ？　それがいいんだけど……」

「……あっ！」

あって何？

ねえ、その「あっ」て何なの？

「もしかして……」

「い、いつもの服、家に忘れたッス……」

なんでだよ。

あのでかいバックパックの中身、まさかこのコスプレ大会の衣装《いしょう》だけ？　この子、家出って言ってたけど、さては軽く遠足気分だったな？？？

……どうしよう。軽くピンチ。てか、このタイミングで母さんとか帰ってきた日には、マジで勘当《かんどう》されて追い出されそうだ……。

そんなことを話していると、二階から咲姉《さくねえ》さんが下りてきた。日中、メイド姿の美少女を堪《たん》能《のう》していたせいで、心なしか肌《はだ》がつやつやしている……。

「あら、愚弟《ぐてい》。帰ったんなら、さっさと上がりなさいよ」

「咲姉《さくねえ》さん。中学生にコスプレさせてないで、何か着るもの貸してあげなよ……」

「あんた、相変わらず可愛《かわい》げがないわねえ。美少女がメイド服でお迎《むか》えしてあげてんだから、もっと喜びなさい」

「咲姉《さくねえ》さんじゃないんだから、俺にそういう趣味《しゅみ》はないよ……」

あのね。普段《ふだん》から日葵《ひまり》の悪戯《いたずら》とか榎本《えのもと》さんのにゃんにゃんに「ぐはあ……っ」て言ってる俺だけど、さすがに越《こ》えてはならないラインは知っているのだ。これでうなじを見せつけられたら正直ヤバかったけど、まだ大丈夫《だいじょうぶ》。ギリギリ平常心を保っていられる。

ここら辺のさりげない所作に、やはり日葵《ひまり》のモデルとしての強さを感じられる。なんで女子中学生のコスプレをきっかけに元カノのいいところ再発見してるんですかね……。

「気になるなら、あんたの服を貸してあげればいいじゃない」

咲姉《さくねえ》さんはスリッパをつっかけながら、玄関《げんかん》のドアを開ける。

一応、最低限の外着をしているので、これからコンビニのバイトに向かうつもりなのだろう。

「いや、男子の服じゃダメでしょ……」

「嬉《うれ》しいくせに何を気取ってんだか。思春期かしら」

「紛《まぎ》れもなく思春期ですけども？　思春期なので人前でそういうこと言うのマジでやめてくれない？」

咲姉《さくねえ》さんは振《ふ》り返《かえ》ると、城山《しろやま》さんの肩《かた》に手を置いた。

そして至極《しごく》、真剣《しんけん》な顔で語《かた》り掛《か》ける。

「芽依《めい》ちゃん。私がいない間に愚弟《ぐてい》に何かされそうになったら、すぐ逃《に》げてくるのよ。大丈夫《だいじょうぶ》、コンビニなら防犯グッズは揃《そろ》ってるわ」

「なんでだよ。むしろ咲姉《さくねえ》さんのほうが危険でしょ」

「恋人《こいびと》と別れたばかりの男は、ぬくもりに飢《う》えてるの。フリーになったから愚痴《ぐち》聞いてなんて言ってきたら、すぐ逃《に》げられるように警戒《けいかい》しなさい」

「その女性向け雑誌から切《き》り抜《ぬ》いてきたようなアドバイスやめて……」

そして城山《しろやま》さんは、ものすごく真剣《しんけん》な顔でうなずいた。

「わかりました！　ずっと手元にスニーカー置いとくッス！」

「なんで疑わないんですかねえ……」

この子、やっぱり俺のこと嫌《きら》いなのでは？？？

咲姉《さくねえ》さんはカラカラ笑いながら玄関《げんかん》を出ようとして……ふと思い出したように、にやっとした顔を向けてくる。

「そういえば愚弟《ぐてい》。例の新人バイトはどうだった？」

「うっ……」

間違《まちが》いなく米良《めら》さんのことだ。

ちょっと楽しげだし、あの子が誰《だれ》かわかって雇《やと》ったな。以前のアクセ返品騒動《そうどう》のときは咲姉《さくねえ》さんに対応をお願いしたし、そのとき知ったのだろう。この人、無駄《むだ》に頭いいから、大抵《たいてい》は一回名前聞けば覚えるし……。

「咲姉《さくねえ》さん。ああいうのは先に言ってくれよ」

「先に言ったら、あんた逃《に》げるでしょ」

「まあ、うん……」

さすがに事前に聞かされてたら、何かしら理由を付けて逃《に》げたかもな。以前のことはもう気にしてないとはいえ、あまりいい気分でないのは事実だ。

「米良《めら》さんがバイトに来たのって偶然《ぐうぜん》？」

「そりゃそうよ。なんか母さんの知り合いの人が、娘《むすめ》さんのバイト先探してるって相談されたらしいわ」

「狭《せま》い世間よ……」

まあ、うちの母さん、地元じゃムダに顔が広かったりするしな。さすがの営業手腕《しゅわん》というべきか……。

「で？　ちゃんと仲良くやったでしょうね？」

「…………」

非常に楽しそうに追及《ついきゅう》してくる。

そんな咲姉《さくねえ》さんに、俺はくそでかため息を返した。

「逃《に》げた」

「は？」

咲姉《さくねえ》さんのこめかみに、わかりやすいほどの青筋が立った。非常に綺麗《きれい》で怖《こわ》い笑《え》みを浮《う》かべると、両手の指をポキポキ鳴らしながら迫《せま》ってくる。

「愚弟《ぐてい》？　あんた、新人が気に入らないからって逃《に》げるとはいい度胸ね？」

「ち、違《ちが》うって！　俺が逃《に》げるわけないじゃん！」

だって家に帰ったらこうなるってわかってるんだからさ！

俺は昼間の顛末《てんまつ》を思い出して、ちょっと気が重くなった。

「米良《めら》さんが逃《に》げたんだよ。俺の顔見た瞬間《しゅんかん》、いきなりお腹《なか》痛いって父さんに言って一瞬《いっしゅん》でコンビニ出てった。そして帰ってこなかった」

「…………」

咲姉《さくねえ》さんがフッと微笑《ほほえ》んだ。

さっきより強い怒《いか》りのオーラを立ち上らせながら、フフフフと不気味に笑う。

「ちょっと可愛《かわい》いからって仮病《けびょう》でサボるとは調子に乗ってるわね？　いまから引きずってきて二十四時間働かせようかしら？」

「咲姉《さくねえ》さん？　素《す》が出てるよ咲姉《さくねえ》さん？　城山《しろやま》さんがビビってるから抑《おさ》えて咲姉《さくねえ》さん？　あと労基に訴《うった》えられたら絶対負けるからやめよう咲姉《さくねえ》さん？」

そして咲姉《さくねえ》さんから放たれる恐怖《きょうふ》の圧に、城山《しろやま》さんが「ぴゃあ〜……」って泣きそうになっている。コンビニ経営しながら殺気でちびらせるとか『SAKAMOTO DAYS』かな？

「じゃあ、咲姉《さくねえ》さん。いってらっしゃい」

「はいはい。すぐ父さん帰ってくるから、騒《さわ》いでちゃダメよ」

そんな咲姉《さくねえ》さんを見送って、俺はようやく家に上がった。

リビングのソファに座ると、メイドさんがお茶を淹《い》れてくれる。

うーん……いい香りだ。これはうちのキッチンの賞味期限切れ商品の段ボールの中にあるアールグレイ。メイドさんが淹《い》れてくれると、インスタントの紅茶も華《はな》やぐ香りに大変身だ。

「ありがとう。すごくいい香りだよ」

「お師匠《ししょう》様に喜んでいただけて、メイドも嬉《うれ》しいッス」

「フフフ」

「アハハ」

フフフじゃないよ。

何を受け入れてるんですかね。そして城山《しろやま》さんもしずしずとソファの脇《わき》に控えているんじゃないよ。さては咲姉《さくねえ》さん、昼間ずっとこんなことさせて遊んでたな？？？

「城山《しろやま》さん。とりあえず、今朝の服に着替《きが》え直してくれない？　咲姉《さくねえ》さんが帰ってきたら、ちゃんと着替《きが》え用意してもらうから……」

「ガーン！」

「いや口で言ってもダメだから。むしろ何で着替《きが》えたくないし……」

城山《しろやま》さんは拗《す》ねた顔で言う。

「せっかく作ったのに、着ないのはもったいないッス」

「いや、城山《しろやま》さんがいいならいいんだけどさ。この時期は寒くない？」

「でもお洒落《しゃれ》ってそういうものッスよ？」

「お洒落《しゃれ》……なのか……？」

俺は疎《うと》いからわかんないけど、コスプレってお洒落《しゃれ》で括《くく》るものなんだろうか。いやもう本当に、城山《しろやま》さんが好きでやってるならいいんだけどさ。

「あ、悠宇《ゆう》センパイ。さっきのお返事はどっちッスか？」

「え？　さっきの返事？」

なんかあったっけ？

俺が首をかしげていると、城山《しろやま》さんがその場でくるんと一回転し、口元に人差し指を当てる。

「ご飯にするッスか？　お風呂《ふろ》にするッスか？　そ・れ・と……」

「それマジだったんだ……？」

「あーっ！　悠宇《ゆう》センパイ、最後まで言わせてください！」

「嫌《いや》だよ。なんでノリノリなんだよ。さっきは恥《は》ずかしがってたじゃん……」

さては一回やったことで吹《ふ》っ切《き》れて楽しくなっちゃったな？

ちょっと不満そうな城山《しろやま》さんを放って、俺は自分の深層に問いかける。

飯か、風呂《ふろ》か。

正直、腹は減ってるし、風呂《ふろ》も入りたい。むしろ両方を同時にやれるんなら最高だ。もう二十一世紀なのに、猫型《ねこがた》ロボットどころか飯と風呂《ふろ》を同時にこなすこともできないとは。いやいやそれは別々に楽しんだほうがよいのでは、みたいな感想もあるかと思うけど、面倒《めんどう》くさがりとしては同時でも別にいいよな。いっそアクセ修業《しゅぎょう》も……。

（……あれ？）

ふと違和感《いわかん》を覚えた。

何だろうか。アクセの修業《しゅぎょう》。その言葉に、妙《みょう》な引《ひ》っ掛《か》かりがあった。ざらっとした感触《かんしょく》というか何というか。

俺としても、城山《しろやま》さんの布アクセサリーの技術は学びたい。それは当然、正直な気持ちなんだけど……。

「……まあ、いいか」

よくわからない。

言葉にならない気持ちは呑《の》み込んで、とりあえず風呂《ふろ》にした。

「城山《しろやま》さん。先にお風呂《ふろ》もらっていい？」

「………」

しかし城山《しろやま》さん。

なぜか「はあーあ……」って感じで肩《かた》をすくめる。なんだムカつくな。

「悠宇《ゆう》センパイ。わかってないッス」

「え？　何が？」

「せっかくお洒落《しやれ》してるんだから、役になりきってもらわないと」

「さっきのエセ新妻ムーブがそれだとでも……？」

どうやら、俺のリアクションが気に入らないらしい。

城山《しろやま》さんはビシッと指さして、俺に要求を突《つ》きつける。

「悠宇《ゆう》センパイは、いまはお師匠《ししよう》様ッス。それっぽく命令してください」

「メイドさんが師匠《ししよう》に命令するのは役になり切ってるんだろうか……」

やだこの子、遊びもガチじゃなきゃ嫌《いや》なタイプじゃん……。

まあ、城山《しろやま》さんって割とのめり込むタイプのクリエイターみたいだからな。彼女なりのセンスの磨《みが》き方なのかもしれない。

よし。ここは師匠《ししよう》として、しっかり乗ってやろう。別に断る理由ないしな。

――イメージしろ。

俺は家にメイドを雇《やと》うナイスガイ。たぶん町はずれのでかい屋敷《やしき》とかに住んでいて、毎日、外車で会社と自宅を行ったり来たりする日々を過ごしているんだろう。あれ？　これただの雲雀《ひばり》さんでは？

なんか知り合いに被《かぶ》るのは嫌《いや》だな……。ここは変化をつけるべき。よし、ちょっと年齢《ねんれい》を上げてみよう。俺はナイスミドル。誰《だれ》かに聞かれたら失笑《しっしょう》ものだろうけど、ここには城山《しろやま》さんしかいないし妄想《もうそう》だから許容範囲《はんい》内だ。

コンコンとそれっぽい咳《せき》をして、メイドさんに命令した。

「メイドさん。お風呂《ふろ》にしてくれ」

「かしこまりましたッス」

城山《しろやま》さんが、上品に頭を下げる。

……ほう。これはなかなかサマになっている。ただのコスプレ大好き少女じゃなかったのか。いや、間違《まちが》いなくただのコスプレ大好き少女なんだけど、なんか一線を画している気がする。そんな気がする。

そんな城山《しろやま》さんを従えて、風呂場《ふろば》に向かう。

すでに風呂《ふろ》には湯が張ってあった。しかも温度も、絶妙《ぜつみょう》に俺好みな気がする。うちの新人メイドさんが優秀《ゆうしゅう》すぎる……。

脱衣所《だついじょ》で、城山《しろやま》さんが脱衣《だつい》かごを持ってしずしずと構えている。パーカーを脱《ぬ》いで、そのかごにのせた。

するとと城山《しろやま》さんが、かしこまりながら告げた。

「お師匠《ししょう》様。本日のお仕事はいかがでしたッスか？」

……おお。なんてメイドさんがいる日常っぽいんだ。

なんかアニメとかで貴族が帰るとこんな話をしている気がする。ここはしっかりと応えてあげなければ。今日のバイトで、普段《ふだん》とは違《ちが》うところか……。

「うむ。クリスマス当日だからフライドチキンがけっこう売れた」

「それはようございましたッス」

正解だったようだ。

俺は大富豪《だいふごう》の雰囲気《ふんいき》を醸《かも》しながら、今日のバイトの報告を続ける。

「あとクリスマスケーキが売れ残ってたから、メイドさんにお土産《みやげ》で買ってきた」

「そんな。ただの下働きのメイドが、そのようなものを受け取るわけには……」

「いいんだ。普段《ふだん》から完璧《かんぺき》な仕事をするきみを労《ねぎら》いたいのだ」

「寛大《かんだい》なお心遣《こころづか》い、痛み入りますッス」

「あれ？　メイドさん、ショートケーキ大丈夫《だいじょうぶ》だよね？」

「恐《おそ》れながら大好物ッス」

ならよし。

さっきリビングとか見て気づいたけど、マジで大掃除《おおそうじ》されててビビったし。風呂場《ふろば》も掃除《そうじ》したてで清潔感のある匂《にお》いがする。またの名をカビキラーの香りともいう。

咲姉《さくねえ》さん、少しは掃除《そうじ》手伝ったよな……とか不安になりながら、お礼にケーキを買っておいてよかった……。

ジーンズを脱《ぬ》いで、メイドさんの持つ脱衣《だつい》かごにのせた。

それを待っていたかのように、メイドさんは次の話題を持ち出す。

「お師匠《ししょう》様。本日の株価はいかがでしたッスか？」

「株価？　株価……ま、まあまあだ」

「それはようございましたッス」

「うむ。よかった」

果たしていきなり株価の話題をぶっこむのがメイドさんっぽいのかは謎《なぞ》だけど、とりあえず城山《しろやま》さんがそれでいいならよし。

そして、ふうっと一息ついた。

洗面台の鏡に、下着姿の俺が映っている。その後ろにしずしずと控《ひか》えるのは、かなり堂に入ったメイド城山《しろやま》さん。

俺は冷静になって、その場で頭を抱えた。

（これあかんやつや――……）

やばい完全に油断してた。

なんかあまりに普通《ふつう》にメイドさんがついてくるもんだから、普通《ふつう》に服脱《ぬ》いじゃってたわアホか俺。何が「株価まあまあ」だよ。俺の頭のネジの緩《ゆる》み具合がまあまあだっての！

「………………」

途端《とたん》に恥《は》ずかしくなる俺。

もじもじとパンツを隠《かく》しながら、城山《しろやま》さんを直視しないようにする。……いまの俺、傍《はた》から見たらマジでキモいな？

「城山《しろやま》さん？　この小芝居《こしばい》、いつまで続けるの？」

「え？」

城山《しろやま》さんは、本気で不思議そうだ。

ハッとすると、途端《とたん》、脱衣《だつい》かごを落としてしまった。その場にへたり込んで、悲愴《ひそう》な顔で訴《うった》えてくる。

「め、メイドに何か不手際《ふてぎわ》があったッスか⁉」

全部だよ。

この空間丸ごと人生の黒歴史まっしぐらだよ。もはや気分はゴー・トゥ・プリズンだよ。俺がハリウッドスターなら華麗《かれい》で泥臭《どろくさ》い脱出劇《だっしゅつげき》が始まっちゃうよ。

「城山《しろやま》さん。俺、風呂《ふろ》に入るから……」

「クビ⁉ もしかしてクビなんスか⁉ そんなことになったら、仕送りを待ってる両親と妹が食べていけないッス！」

きみ、お姉さんと二人暮らしだったよね？

城山《しろやま》さんはなんか見知らぬバックボーンを披露《ひろう》して満足そうだ。ついでに「およよ」と泣《な》き真似《まね》をする。どうやら何か失敗して主人に怒《おこ》られるメイドの演技らしい。無駄《むだ》に芝居《しばい》に手が込《こ》んでるのが、日葵《ひまり》リスペクトっぽくてムカつくな。

「いやいや。俺、もうこれ以上、脱《ぬ》ぐものないからさ……」

「あたしは別にいいッスけど」

よくないよ。

具体的に言うと「裸《はだか》一つで騒《さわ》ぎすぎでは？」ってナチュラルに大人の余裕《よゆう》かましてくるのがよくないよ。この状況《じょうきょう》、なんで見られる俺のほうが恥《は》ずかしがってるんですかねえ……。

そういえば城山《しろやま》さん、文化祭のときにも平気で着ぐるみ脱《ぬ》ごうとしてたっけ。さてはこの子、アレだな？ 学年に一人はいる『同年代の男子、ガキっぽくてマジで兄弟レベルにしか見れない系女子』だな？？？

「城山《しろやま》さん。遊びのつもりだろうけど、父さんとかに見つかったらマジでやばいから……」

「むぅ～……」

城山《しろやま》さん的には、せっかく作ったメイド服で遊ぶほうが優先らしい。俺の中断要請《ようせい》に、不満そうなため息を漏《も》らした。

「でもお姉様から、悠宇《ゆう》センパイはメイド服の女の子に背中を流してもらうのが夢だったって聞いたッスけど」

「マジで咲姉《さくねえ》さんの言うこと真に受けないで⁉」

あの人、いたいけな中学生に何を吹《ふ》き込んでるんだよ！

いやまあ、うん。別に興味ないわけじゃないんだけどね。男子として生まれた以上、一度はそういう成功者になるのも夢見ちゃうよね。でもその欲求を満たすのはいまじゃあないと思うんだよなあ……っ！

俺が煮《に》え切《き》らない態度を続けていると、城山《しろやま》さんは口をへの字にしてトドメを刺《さ》しにきた。

「あと、悠宇《ゆう》センパイの見ても何とも思わなさそうっていうか……」

「この子、失礼だぞ⁉」

男子はそういう一言にグサッときちゃうからマジでやめてほしい。別に自信あるわけじゃないけど、さすがに年下の女子にマジトーンで言われるのは傷ついちゃうな……。

ええい。こうなれば実力行使だ。

俺は城山《しろやま》さんの両肩《りょうかた》を摑《つか》むと、ぐいぐいと脱衣所《だついじょ》の外に押し出す。

「ぎゃあーっ！　メイドの不当解雇《かいこ》はダメっすよーっ！　労働者の権利をーっ！」

「雇《やと》い主《ぬし》へのセクハラが原因なんだけどなあ……っ！」

ぎゃあぎゃあと騒《さわ》いでいると、ふと玄関《げんかん》のドアが開いた。

あれ咲姉《さくねえ》さん戻《もど》ってきたのかな……と振《ふ》り返《かえ》り、そこにいたのは――。


今日の仕事を終えて、寝《ね》に戻《もど》ってきた父さんだった。

その手に提《さ》げられた、おそらく夕食を入れたビニール袋《ぶくろ》がドシャッと落ちる。

父さんの眼前には、半裸《はんら》で美少女メイドに迫《せま》る（ように見える）実の息子《むすこ》。しかも美少女メイドのほうは、なぜか半泣きである。

父さんはふうっと息をつき、ものすごく辛《つら》そうに言った。

「……悠《ゆう》宇。母さんが帰ったら、ちゃんと三人で話そうね」

「待って誤解誤解！　マジで誤解だから話を聞いて⁉」

「いいんだ。自分を責めないでほしい。さっき咲良《さくら》に聞いたよ。昨夜、日葵《ひまり》ちゃんと喧嘩《けんか》してしまったんだってね？　きっと悠《ゆう》宇は人生に悩《なや》んで、疲《つか》れていたんだろう。だからこんなことをしてしまうのも、父さんと母さんの責任だと……」

「責任を果たすならまず話を聞いてほしいなあ……っ！」

やばい。父さんは咲姉《さくねえ》さんとかと違《ちが》って、この手のイレギュラーに対応する精神キャパがないのだ。

俺はできるだけ穏便《おんびん》に、現状をわかりやすく説明する。

「このメイド服は城山《しろやま》さんが自前で持ってきたもので、いまはメイドになりきって遊んでいるっていうか、その一環《いっかん》で俺の背中を流すって聞かないから、俺はそれをやめさせようと風呂場《ふろば》から追い出して……」

と、なぜか父さんが、俺の肩《かた》を優《やさ》しく叩《たた》く。

そして眼鏡の奥の涙《なみだ》を拭《ぬぐ》いながら、俺を安心させるように微笑《ほほえ》んだ。まるで猛獣《もうじゅう》に近づくとき、自分は敵じゃないとアピールする愛護団体の人のようだ。

「あのね、悠宇《ゆう》？　ただの知り合いの男子の家で、自分からメイド服を着てお風呂《ふろ》で背中を流そうとする女の子は普通《ふつう》いないんだよ？」

「確かにそれマジで正論なんだけどさあ……っ！」

あまりに状況《じょうきょう》がラブコメに特化しすぎてて、これじゃあ埒《らち》が明かない。

この状況《じょうきょう》を打開しなければ、誤解した母さんに殺され……そうだ！　城山《しろやま》さんに説明してもらえばいい。本人の口から聞けば、さすがの父さんも信じるだろう。

「城山《しろやま》さん！　ちょっと説明を……ん？」

その城山《しろやま》さんは、無言で俺と父さんのコントを見つめている。

やがて真剣《しんけん》な顔で何かを『ピーンッ』と閃《ひらめ》くと、カーテシー……つまりスカートをつまんで軽く持ち上げるあの挨拶《あいさつ》だ。それをしながら、父さんに向かって頭を下げる。

「悠宇《ゆう》センパイのお父様ってことは、この家のご主人様ッスね！　おかえりなさいませ、ごしゅじ……」

「ええい話をややこしくするなーっ！」

それから父さんの誤解を解くのに、えらい労力を要してしまった。

俺はただ、風呂《ふろ》に入りたかっただけなのに……。

♣♣♣

湯船に浸《つ》かりながら、天井《てんじょう》を見上げて考える。

……いかん。城山《しろやま》さんに乗せられてる。

てか、俺って変に悪乗りしちゃう癖《くせ》あるよな。日葵《ひまり》との会話もこういうの多かったし、榎本《えのもと》さんと東京旅行でにゃんにゃんプレイ（封印《ふういん》）してたときもついやっちゃったし。反省。

風呂《ふろ》から上がると、リビングでは父さんがご機嫌《きげん》だった。

具体的に言うと、メイド美少女にお酌《しゃく》をしてもらいながらほろ酔《よ》いだったのだ。

「いやあ。まさか悠宇《ゆう》に、こんなに気の利《き》いたお弟子《でし》さんがいるなんて驚《おどろ》いたなあ」

「そんなに褒《ほ》められると照れるッスよ〜」

……地獄絵図《じごく》かな？

ハッ。いかん。あまりに情けない父親の姿に、ついスルーして部屋に戻《もど》ってしまうところだった。

城山《しろやま》さんはメイド服の上から、可愛《かわい》らしい花柄《はながら》のエプロンを身に着けている。ちなみにうちのキッチンにある榎本《えのもと》さんの私物だ。なんか新妻感が増して、マジでコンセプトが行方《ゆくえ》不明だよ……。

俺はうんざりしながら、リビングに入った。

「父さんまで、城山《しろやま》さんに何させてんの……？」

「夕飯にしようと思ったら、芽依《めい》ちゃんが晩御飯《ばんごはん》の準備してくれてるっていうじゃないか。つい厚意《こうい》に甘えてしまったよ」

もう芽依《めい》ちゃんって呼んでる……。

そのテーブルには、いくつもお皿が並んでいた。大皿系と言えばいいのだろうか。肉じゃがとかぶり大根とか、いつの間に買ってきたんだよってくらい見事な和食が並んでいる。我が家《や》では長らく見ていない、和の家庭料理というやつだ。その温《ぬく》みに、うちの中年男性はコロッとやられてしまったのだろう。

顔が赤い父さんのコップに、城山《しろやま》さんはニコニコしながら焼酎《しょうちゅう》を注《つ》いでいる。

「芽依《めい》ちゃん。このままうちの子になるかい？」

「いいんスか⁉」

よくないんスよ。

きみには帰りを待ってるお姉さんがいるはずなんスよ。

父さんも今朝、お姉さんは大丈夫《だいじょうぶ》なのかなって言ってたじゃない。やっぱりお酒は人を狂《くる》わせるんだね。そういうことにしておこうね。

うーん。そういえば日葵《ひまり》も人たらしな部分あったけど、この子も年上キラーみたいなの持ってるよな。この一瞬《いっしゅん》で父さんまで手懐《てなず》けちゃうなんて、城山《しろやま》さんってば怖《こわ》い子っ！

俺も仕方なくテーブルについた。正直、いますぐ逃《に》げたい感はあるけど、お腹《なか》は素直《すなお》なんだよ。

「ねえ、父さん。城山《しろやま》さんはお客さんなんだしさ。少しは遠慮《えんりょ》しなよ」

「だって、だってなあ！　咲良《さくら》も大人になって、ちっとも構ってくれないじゃないか。百恵《ももえ》と羽芽《うめ》なんて、盆暮《ぼんく》れにも顔を出さないし……」

「百姉《ももねえ》さんと羽姉《うーねえ》さんは結婚《けっこん》したんだからしょうがないじゃん……」

いい大人が泣くんじゃないよ。

うちの父さん、普段《ふだん》は穏《おだ》やかでいい人なんだけど、酒が入ると感情のブレーキ利《き》かなくなるタイプだからなあ。この性質、俺に遺伝してないといいなあ。

と、ナチュラルに俺のご飯をよそって持ってきてくれた城山《しろやま》さんが、意気込んだ様子でフンスと鼻を鳴らした。

「頑張《がんば》ります！」

「うちの姉さんたちの代わりになることに前向きにならないで……」

この子、本当に帰る気あるよね？

大丈夫《だいじょうぶ》？ 明日あたり戸籍謄本《こせきとうほん》持ってこないよね？ 榎本《えのもと》母みたいな事例あるからマジで油断できないんだが？

とりあえず、茶碗《ちゃわん》を受け取った。

眼前のぶり大根を皿にとって、箸《はし》で切り分ける。……うーん。この箸《はし》で突《つつ》くとホロホロと身が崩《くず》れるのに、しっかりと形を保った絶妙《ぜつみょう》な火加減。こいつはなかなかお目にかかれない匠《たくみ》の技《わざ》ですな。

「城山《しろやま》さん。これ、どこで買ってきたの？」

すると城山《しろやま》さんは小首をかしげた。

「あたしが作ったッスけど……」

「ええっ⁉」

俺が驚《おどろ》くと、不満そうにじとーっとした目を向ける。

「……悠宇《ゆう》センパイ。あたしのイメージどんなッスか？」

「いまの自分の格好を思い出してよ……」

メイドさんがぶり大根を煮《に》てる姿なんて想像つかないだろ。いやまあ、普段《ふだん》の城山《しろやま》さんのイメージでも想像つかないんだけどさ。「美味《おい》しくなるコツは、ちゃんと落とし蓋《ぶた》をすることッスよ」とか言ってるの見たら不覚にも笑ってしまいそうだ……。

「でもすごいね。本当にうまいよ」

「うち、お姉《ねえ》が和食好きなので、よく作るッス」

とても得意げな様子である。

よし。ここは師匠《ししょう》として、もっと褒《ほ》めて伸《の》ばさなければなるまい。確固たる使命感を持って、俺は別の皿に箸《はし》を向ける。

肉じゃが。

一説によると男子の胃袋《いぶくろ》を掴《つか》むための必須《ひっす》レシピらしい。もちろん俺も好きだ。その一柱たるジャガイモを口に運ぶと、何とも言えない懐《なつ》かしい味が口いっぱいに広がる。

ハフ、ハフ。

……うーん。これアレだな。

咲姉《さくねえ》さんに食べさせたら間違《まちが》いなく「愚弟《ぐてい》。嫁《よめ》にもらってきなさい」とか言いだすタイプの味だな。あの人の口に入らないように、ここで全部平らげなくては……。

「この肉じゃがも、すごく味が染《し》みておいしいよ。てか、ニンジンが星形になってるのすごくない？　うちにこんな形の型抜《かたぬ》きあったっけ？」

「あ、それ包丁で切ったッス」

「すごいな！」

手先が器用なのは知ってたけど、ここまでとは。

これは榎本《えのもと》さんにも匹敵《ひってき》する腕前《うでまえ》だと思う。榎本《えのもと》さんってよく洋食を作ってくれるけど、こっちは和食で趣《おもむき》が違《ちが》ってよし。もう二人で食事処《どころ》でも開けばいいんじゃないかな。榎本《えのもと》さんにもメイドさんの格好してもらって……ええい、だから変な想像すんな俺。

「ところで城山《しろやま》さん。晩御《ばんご》飯《はん》の後はどうする？　さすがに疲《つか》れただろうし、片付けくらいは俺がやっておくけど……」

「大丈夫《だいじょうぶ》ッス。それより、アクセ修業《しゅぎょう》したいッス！」

ものすごく元気そうに、城山《しろやま》さんは宣言した。

あ、その設定、本気だったのか。てっきり家出の方便だと思ってたから、ちょっと意外だった。

「わかった。それじゃあ城山《しろやま》さんがお風呂《ふろ》終わらせたら、俺の部屋でやろうか」

「お願いします！」

あ、なんかいまの師弟《してい》っぽくていいかもしれないな……。

俺たちがゆるふわ師弟《してい》ムーブを楽しんでいると、なぜか父さんがウンウンと嬉《うれ》しそうにうなずいていた。

「いやあ、悠宇《ゆう》がお友だちとこんなに楽しそうにしているのを見られるなんて、ぼくは嬉《うれ》しいよ」

「な、なんだよ、父さん。そんな改まって……」

いきなり人前で恥《は》ずかしいことを言い出すのマジでやめてほしい。そういうの思春期的にアウトだからな。

「てか、日葵《ひまり》とか榎本《えのもと》さんだっているじゃん……」

「あの子たちも友だちだけど、悠宇《ゆう》と同じ目線ではなかっただろう？　こうしてアクセサリーの同志ができるのは意味が違《ちが》うと思ったんだ」

まあ、それは確かにそうかもしれないけど。

「でもそんなに大げさなことじゃ……」

「そんなことはないよ。一人でやるのと、仲間がいるのは大違《おおちが》いだ」

すると父さんは、なんだか感慨深《かんがいぶか》そうに焼酎《しょうちゅう》のコップに口をつける。

「中学の頃《ころ》、悠宇《ゆう》が進学しないで働きたいって言ってたのを思い出しちゃってね」

「うっ⁉　……あのさ、城山《しろやま》さんの前でその話題持ち出すのやめない？」

いまや俺にとって立派な黒歴史。

日葵《ひまり》に出会う前、俺は中学を卒業したら働くつもりだった。アクセの道に進んで夢を追っていく……といえば聞こえはいいけど、実際は同級生たちと反りが合わず、高校に行きたくなかったというのが本音だ。

それを聞いた城山《しろやま》さんが、驚《おどろ》いたように言った。

「悠宇《ゆう》センパイ。そうなんスか？」

「まあね。父さんたちと話して、中学の文化祭でアクセ百個完売できたら、高校行かずにアクセの道に進んでいいって約束したんだよ」

若気の至りとしか思えない恥《は》ずかしい話をしていると、なぜか城山《しろやま》さんは身体《からだ》をずいと近づけてくる。

「それで、どうなったんスか⁉」

「え？　あ、いや……」

なんだ？　やけに必死な顔だ。

そんなに興味深い話だったか？　俺が世間知らずにも、中卒でうまくやれると思い込んでいただけの話だったんだけど……。

「結局、俺一人じゃ全然売れなかったんだよね。アホみたいな在庫の山の前で頭を抱《かか》えてたら、日葵《ひまり》が来てさ。雲雀《ひばり》さん経由で、いまモデルやってる紅葉《くれは》さんのSNSで宣伝してもらったんだ。それでうまいこと完売できたってオチ」

そういえば城山《しろやま》さんは、そのとき店番してくれてた日葵《ひまり》と出会ったんだよな。

……なんか不思議な気分だ。間違《まちが》いなく俺の人生の転機になった中学の文化祭で、城山《しろやま》さんも同じように人生の分岐点《ぶんきてん》に出会った。その二人が、こうしてアクセの友だちになっているのは奇妙《きみよう》な縁《えん》だ。

と、俺が懐《なつ》かしんでいると……城山《しろやま》さんはまだ何か物足りなさそうだった。

「どうしたの？」

「……いえ。なんで悠宇《ゆう》センパイは、その約束を達成したのに高校に行ったのかなって思ったッス」

ああ、そういうことか。

確かに文化祭の課題をクリアした以上、俺は中学を卒業して働きに出ているはずだ。でもこうして、高校に通っている。

「それは文化祭の後、日葵《ひまり》に説得されたんだよね。やっぱり中卒で働くって、リスクも大きいから。一応の保険も必要だって……」

夢は叶《かな》うほうが珍《めずら》しい。

失敗したときのために、他の道も確保できる状況《じようきよう》が望ましいのは理解できる。まあ、実際は日葵《ひまり》だけじゃなくて、雲雀《ひばり》さんとか咲姉《さくねえ》さんにもアレコレ話を聞いた結果なんだけど。

「でも一番の理由はやっぱり、日葵《ひまり》がいたからだろうな。せっかく両親も進学を勧《すす》めてくれたんだし、日葵《ひまり》と学校生活を送りたかったってのが大きいよ」

まあ、おかげさまでこんなことになっちゃったんだけど。

それでも高校の二年間が無駄《むだ》だとは思わない。榎本《えのもと》さんとも再会したし、アクセを通じていろんな経験をさせてもらえた。高校に行かなかったら東京の天馬《てんま》くんや早苗《さなえ》さんとも絶対に出会えなかったはずだ。

「まあ、そんな感じで高校に進学したんだけど……それがどうかした？」

「え？　あ、いえ……」

なんだ？

奥歯《おくば》に物が挟《はさ》まるような態度だ。城山《しろやま》さんにしては珍《めずら》しいな。

俺が不思議に思っていると、父さんが穏《おだ》やかに笑った。

「悠宇《ゆう》。芽依《めい》ちゃん。夕飯が終わったら、もう部屋に上がりなさい。片付けはぼくがやっておくから心配しないで」

「え。あ、うん……」

なんか父さん、城山《しろやま》さんに優《やさ》しい視線を向けている。

何か察しているようだ。何だろうか。……ちょっと気になるけど、あんまり聞いてほしくなさそうな気もする。

とりあえず、父さんの言う通り食事を終えた。

「城山《しろやま》さん。用意ができたら、俺の部屋に来て」

「あ、はいッス……」

なんか急に元気がなくなったような……。

まあ、気のせいだったらいいけど。アクセについて話し合えば、きっと元気が出るだろう。

♣♣♣

部屋に戻《もど》って、とりあえず軽く片付けをした。

ここ一か月以上、洋菓子《ようがし》店のバイトや期末テストで忙《いそが》しかったからな。よく考えたら、部屋の掃除《そうじ》ができていない。

軽く掃除《そうじ》……とはいっても、ぶっちゃけ床《ゆか》に散らばるものを退《ど》かすだけ。とりあえず城山《しろやま》さんが入っても問題ないレベルにはなった……はず……いや、どうだろうな。

日葵《ひまり》や榎本《えのもと》さんならこのくらいでオーケーなんだけど、城山《しろやま》さんがそこまで気が置けないかと言われると……ええい、いまになって何を緊張《きんちょう》してるんだ俺よ。自意識過剰《かじょう》か。俺の部屋が綺麗《きれい》だろうが汚《きたな》かろうが、城山《しろやま》さんが気にするわけないだろ。

「でもアクセの修業《しゅぎょう》か。具体的に何をしたいんだろうな」

合宿……みたいなことは、これまで日葵《ひまり》の家でもやったことがある。

でもあれは、俺がアクセ制作に集中できる場所を提供してもらっただけで、別に日葵《ひまり》たちと完成度を追求したり完成品について話し合ったり、みたいなことはなかった。

天馬《てんま》くんや早苗《さなえ》さんとも、完成したアクセについて意見交換《こうかん》をしたけど、一緒《いっしょ》にアクセを作るようなことはしたことがない。……なんか想像したら面白《おもしろ》そうだな。いつか機会があればやってみたいな。

そんなことを考えていると、階段を上ってくる足音が聞こえた。どうやら城山《しろやま》さんが、お風《ふ》呂《ろ》から上がってきたようだ。

そして俺の部屋のドアが、コンコンと叩《たた》かれた。

「悠《ゆ》宇《う》センパイ！　入っていいッスか⁉」

ん？　なんか元気が戻《もど》っている気がする。

よかった。さっきのは気のせいか……あるいは城山《しろやま》さんもちょっと疲《つか》れていたのかもしれない。あの子も今日は忙《いそが》しかっただろうからな。

「どうぞ」

俺が声をかけると、ドアが開いた。

城山《しろやま》さんが入ってきて……俺は固まる。

なぜか城山《しろやま》さんは下着姿だったのだ。

俺はぶふうっと噴《ふ》き出《だ》して、慌《あわ》てて顔を背《そむ》けた。スリップで腰《こし》くらいまで隠《かく》れているとはいえ、非常に目の毒だ。

「なんで⁉」

「何がッスか？」

「いやその服装……」

すると城山《しろやま》さんが、本気で不思議そうに首をかしげる。

「さすがにメイド服は寝間着《ねまき》にはしないと思うんスけど……」

さすがに男子の部屋にそんな格好では来ないと思うんスけど！

俺は慌《あわ》ててチェストの引き出しを開けて、他より新しめのパーカーを引っ張り出した。城山《しろやま》さんを直視しないようにしながら、それを差し出す。

「えっと。寝《ね》るときは俺のパーカーでも大丈夫《だいじょうぶ》？」

「あ！　お借りします！」

城山《しろやま》さんは「いやー、さすがに寒かったッス」って笑いながら、そのパーカーを頭から被《かぶ》って……いや寒さより先に気にするべきところあるんじゃないッスかねえ。

この子、マジで危なっかしいな。今度、機会があったとき日葵《ひまり》か榎本《えのもと》さんに注意してもらっとかなきゃ……。あれ？　この状況《じょうきょう》を説明したら、俺が制裁されるパターンのやつでは？

城山《しろやま》さんが腕《うで》を伸《の》ばしてみた。しかし男子高校生にしては背が高い俺のパーカーと、女子中学生にしては背が低い城山《しろやま》さん。当然のように袖《そで》が長すぎて、途中《とちゅう》で折れ曲がってしまっている。

やっぱ咲姉《さくねえ》さんの服のほうがいいかな？　でも勝手に部屋に入ったりすると、後で殺されるからなあ……。

そんなことを考えていると、何が楽しいのか城山《しろやま》さんは折れ曲がった袖《そで》をさすさすと手のひらでですり合わせて遊んでいた。

なんか「おー」と感心しながら、にこっと俺に微笑《ほほえ》んだ。

「悠《ゆ》宇《う》センパイの、おっきッスね！」

「………」

いかん。

この子、ちょっと隙《すき》ありすぎでは？　こんな嬉《うれ》しそうに自分のパーカー着られると、なんだか妙《みよう》な気持ちになってしまう。あ、いやいや。変な意味じゃなくて。保護欲というか、俺が守ってやんなきゃ感というか。父さんが「うちの子になるかい？」とか言っちゃうのもうなずける。まさか、これが父性なの？

俺が一人でキュンとしていると、城山《しろやま》さんが意気込んで言った。

「それじゃあ、アクセ修業《しゆぎよう》しましょう！」

「あ、そうだね……」

一人で緊張《きんちよう》してるのも馬鹿みたいで、俺も平常運転に戻《もど》ることにした。

城山《しろやま》さんに座布団《ざぶとん》を勧《すす》め、テーブルで向かい合う。

「それで、具体的には何をしたいの？　技術的なことなら、実際にアクセを作りながら話したほうがいいと思……あっ」

そこで思い出した。

……日葵《ひまり》の家に置いてる俺のアクセ制作の道具、どうしよう。

夏休みから、あそこの客間を工房《こうぼう》みたいに扱《あつか》わせてもらっていた。雲雀《ひばり》さんが用意してくれた道具もあるけど、俺の自前のものもけっこう置いていたはずだ。

いや、普通《ふつう》に取りに行けばいいんだろうけど。でも、日葵《ひまり》と別れたしなあ。アクセ制作からも手を引くとか言われちゃったしなあ。めっちゃ気まずいなあ。

……何より雲雀《ひばり》さんと顔を合わせづらい。あの人のスタンス、どうなってるんだろうか。普《ふ》段《だん》から日葵《ひまり》よりも俺のこと推《お》しまくりオーラ出てるけど、さすがに妹を泣かせた男にこれまで通りってことはないだろ……？

（いや、でも雲雀《ひばり》さんだからなあ……っ！）

読めん。あまりに読めんすぎる。

俺が一人で呻《うめ》いていると、城山《しろやま》さんがちょっと引いていた。さながら『エクソシスト』の初見のときみたいな顔だ。

俺は恥《は》ずかしくなって、コホンと咳《せき》をした。

「えーっと。それでどうだろうか？」

「あ、はいッス。それじゃあ……」

城山《しろやま》さんは少し考えて……。

「あたしも悠宇《ゆう》センパイみたいに、リングとか作りたいです！」

「リング？　なるほど、それなら……」

俺は机の鍵付《かぎつ》きの引き出しを開ける。

そこにいくつかアクセの試作品を収めていた。といっても、制作途中《とちゅう》でうまくいかなかったものだったり、「なんかイメージと違《ちが》うな」と中断したものが大半だ。その中で、比較的《ひかくてき》まともなリングをいくつか手に取る。

「まず俺がよく作るリングは、大きく二種類かな……」

一つがレジンを固めて作るレジンリング。

レジンという液体状の樹脂《じゅし》を、赤外線ライトに当てて硬化《こうか》させる。制作工程は型に流し込んでライトを当てるというシンプルなものなので、初心者でも比較的《ひかくてき》コツが摑《つか》みやすい。

透明《とうめい》な試作リングを手にして、城山《しろやま》さんがしげしげと眺《なが》める。

「日葵《ひまり》センパイのチョーカーのもこれッスね」

「そうだね。利点は液体レジンを使うことで、デザインに幅《はば》を持たせられることかな。準備する型次第《しだい》で、大きさや太さを自由にできる。あとは色や柄《がら》も変えられるから、凝《こ》りだすとけっこう楽しいよ」

あとは俺もよく使う手だけど、レジンの中にものを閉じ込めることができる。日葵《ひまり》のチョーカーになっているリングのようにニリンソウを入れたり、榎本《えのもと》さんのブレスレットの月下美人もそうだ。

この手のアレンジは、レジンアクセサリーならではのものだろう。

「じゃあ万能《ばんのう》ッスね！」

「その代わり欠点もあって、金属製より寿命《じゅみょう》が短いんだよね。三年もすれば変色したり、劣化《れっか》して溶《と》けちゃうことも多いから」

だからこそ日葵《ひまり》や榎本《えのもと》さんが長く愛用してくれていることに驚《おどろ》いたものだ。それでもよく見れば、少しずつ劣化《れっか》していたのはわかっていた。

「他にはレジンアレルギーっていうのがあるんだ。合わない人が身に着けると肌《はだ》が荒《あ》れたりするから、事前にクライアントに確認《かくにん》する必要もある」

「へえ。なるほどッス……」

俺は次に、シルバーリングをテーブルに置いた。

「もう一つは王道の金属製かな。俺はシルバーを使ってるけど、やっぱり利点は頑丈《がんじょう》さと格好よさだと思うよ」

東京の天馬《てんま》くんもシルバーリングをメインで制作している。

ただし一口にシルバーリングと言っても、制作工程によって違《ちが》いがあったりするのだ。

「金属製のリングには二種類の作り方があって、俺が選んでいるのは鍛造《たんぞう》技法っていう方法なんだ。簡単に言えば、ハンマーで叩《たた》いて形成していくやり方。いかにも金属製って感じの作り方かもね」

「あ、それ格好いいッス！」

さすが城山《しろやま》さん。わかってるな。

そう、鍛造《たんぞう》技法は格好いいのだ。ハンマーで形成していく時間は、なんかすごくアクセ作ってるぅ～って感じがして自分に酔《よ》っていられる。俺が好きな時間の一つだ。

「鍛造《たんぞう》技法の利点は、やっぱり頑丈《がんじょう》さかな。金属内の不純物が取り除かれる分、密度が高くなって頑丈《がんじょう》になる。特にシルバーは比《ひ》較的《かくてき》柔《やわ》らかいから、劣化《れっか》しづらくなるという意味では合ってるよね」

「それじゃあ、欠点は何なんスか？」

俺は腕《うで》を組んで「うーん」と考えた。

「やっぱり技術の習得に時間がかかるのと、初期コストかなあ。最初は専用の道具を揃《そろ》えるのにけっこうかかるし。実際、俺が鍛造《たんぞう》技法に切《き》り替《か》えたの、高校に上がってようやくって感じだった」

ちょっと趣味《しゅみ》でやる程度なら、イマドキ一万円もあれば最低限のスターターセットが売っていたりする。

　でもクライアントへ販売《はんばい》するとなれば話は別だ。専用の道具のほうが安定性はあるし、品質に差が出るのは間違《まちが》いない。

　それでもやっぱり、安いのはすぐダメになってしまった。そりゃそうだよな。常にハンマーで叩《たた》いたり、バーナーで炙《あぶ》ってダメージを与《あた》えるわけだし。

「何より、慣れないうちは危ないからさ。城山《しろやま》さんがやりたくなっても、できれば俺とかお姉さんが見てるときだけにしてほしいかな……」

「やっぱり難しいんスか？」

「そうだね。自分の手で形成していく以上、慣れるまで何度も練習する必要がある。ただアクセ制作全般《ぜんぱん》にいえるけど、どんなやり方も慣れるまでは時間がかかると思うんだ。城山《しろやま》さんの布アクセも、そこまでの腕前《うでまえ》になるまですごく頑張《がんば》っただろうし」

「そ、そう言われると照れるッス……」

　城山《しろやま》さんが、折れ曲がったパーカーの袖《そで》をくるくる結んでは開いていく。……照れ方かわいいけど、それ俺の服だからね？　あんまりきつく結ばないでね？

「もう一つの金属製リングの作り方は、ロストワックス技法だ」

　これは東京の天馬《てんま》くんが使っていた方法だ。彼はこのやり方で、いくつもオリジナルの髑髏《スカル》リングを手掛《てが》けていた。

「ざっくり工程を説明すると、蠟《ろう》で好きな型を作って業者に送るだけ。そのあと専門の技術者が、その型に合わせてアクセサリーを鋳造《ちゅうぞう》してくれるんだよ」

「へえ。便利ッスね！」

「鍛造《たんぞう》技法に比べたら、すごくやり易《やす》いよ。最初のハードルが段違《だんち が》いだからさ」

プロに仕上げを依頼《いらい》する分、品質が保証されているのは心強い。シルバーのオリジナルアクセなんて、最初は失敗することのほうが多いからな。

「利点は、いま言ったように完成度が安定しているところ。あと蠟《ろう》で型を作るから失敗しても簡単にデザインをやり直せるところ。そして型に金属を流し込む方法だから、鍛造《たんぞう》技法に比べてデザインに幅《はば》を持たせられるところかな」

鍛造《たんぞう》技法だと、どうしてもシンプルな形状にせざるを得ないのだ。

俺の場合は花がメインだから、リングはシンプルな形でもいいんだけどね。そういう意味でも一長一短だよな。

「ロストワックス技法に欠点はあるんスか？」

「一般的《いっぱん》に、鍛造《たんぞう》技法に比べて耐久《たいきゅう》性が劣《おと》るところかな。鋳造《ちゅうぞう》した段階で形状が決まるから、どうしても金属内に不純物が混ざってしまうんだよ」

とはいえ、そこまで細いデザインでもない限り、十分な耐久《たいきゅう》性はあるんだけど。

総じて初めてのオリジナルアクセとして挑戦《ちょうせん》するなら、ロストワックス技法のほうがハードルは低いと思う。

「でも、どっちもすぐに挑戦《ちょうせん》できるものでもないしな。鍛造《たんぞう》技法の道具はあるけど、さっき言ったように初心者には危ないし。ロストワックス技法も、すぐに完成して届くわけじゃないから」

この場で必要なものは、試作品や説明ではない。リング制作の面白《おもしろ》さをインスタントに体験してもらうことだろう。

「あ、そうだ」

俺はクローゼットの下段から、アクセのパーツ類を収めている段ボールを取り出した。その中から、銀色のパッケージを取り出す。

「これを使ってみよう」

「なんスか？」

城山《しろやま》さんが手に取ってみる。

それには『アートクレイシルバー』と書かれていた。

「これは銀粘土《ぎんねんど》。そのまんまだけど、粘土《ねんど》のように形成できるシルバーアクセの素材なんだ」

「粘土《ねんど》？　どういうことッスか？」

そのパッケージを開けてみる。

パッと見では、白い紙粘土《ねんど》という感じだ。

それを千切って、城山《しろやま》さんにも渡《わた》した。彼女は粘土《ねんど》でやるようにこねてみる。

「ほんとに粘土《ねんど》って感じッス。これがシルバーアクセになるんスか？」

「もちろん完全なシルバーアクセではなくて、限りなくそれに近いものだけどね。ただシルバーアクセの入門としては、すごく優秀《ゆうしゅう》なんだよ」

手順としては、この銀粘土《ぎんねんど》を好きなデザインに形成して乾燥《かんそう》させる。そして家庭用ガスコンロなどで焼成《しょうせい》させるのだ。あとはヤスリやブラシで表面を磨《みが》けば、自作のシルバーアクセが完成となる。

「シンプルなものなら、城山《しろやま》さんなら一時間もあればできるんじゃないかな」

「へえ。すごいッスね！」

特別な道具や業者への依頼《いらい》などがなく、家の中で完結する。そういう意味では、前に挙げた二つの技法と比べてかなりハードルが低い。価格も手頃《てごろ》で、いまでは大手通販《つうはん》サイトなどでもスターターキットが手に入る。

俺が以前、この銀粘土《ぎんねんど》で作ったリングをテーブルに置いた。

「こちらが完成品になります」

「キユーピー3分クッキングで見たやつッス……」

城山《しろやま》さんがそれを手に取った。

それは目の前にある白い粘土《ねんど》ではなく、眩《まばゆ》い光沢《こうたく》を放つシルバーリングそのものだった。それを指にはめながら、城山《しろやま》さんが「は～」と感嘆《かんたん》の声を上げた。

「すごいッスね。これ、ほんとにこの粘土《ねんど》なんスか？」

「焼成《しょうせい》した後に磨《みが》くと、こんな感じの綺麗《きれい》な銀面になるんだ。ペンとかで叩《たた》くと普通《ふつう》に金属音がするし、不思議だよね」

元が粘土《ねんど》のように形成するため、天然石をあしらったり、自分だけの模様をつけたりすることも可能だ。すごく柔軟性《じゅうなんせい》があって、いろんなデザインを試《ため》すことができる。

「あれ？　でも限りなくシルバーアクセに近いものって言いましたよね？　それはどういうことッスか？」

「鍛造《たんぞう》技法やロストワックス技法のものに比べて、耐久性《たいきゅう》がものすごく低いんだよ。強めの衝《しょう》撃《げき》で曲がったりすることがある。元が粘土《ねんど》だから仕方ないんだけど、リングだと指に食い込んじゃう可能性もあるんだ」

城山《しろやま》さんがヒッと身震《みぶる》いした。

「怖《こわ》いッスね……」

「まあ、こういうのは身に着けなくても使えるから。バッグに取り付けたりね。とりあえず銀《ぎん》粘土《ねんど》のシルバーアクセは、自作アクセの入門として作ることを楽しむのがお勧《すす》めかな」

一通りの説明を終え、さっそく作ってみることにした。

俺と城山《しろやま》さんで半分ずつ千切って、それぞれ簡単なリングを制作する。城山《しろやま》さんは嬉々《きき》として……それこそ初めて粘土《ねんど》をもらった子どものように楽しそうにこねていた。

リングゲージ棒……鉄心棒とか芯《しん》鉄棒とも呼ばれる緩《ゆる》い円柱の長い鉄棒に、銀粘土《ぎんねんど》を厚めに巻いてみる。重なる部分を水で湿《しめ》らせると、やはり紙粘土《ねんど》と同じようにくっつくのだ。ここの余計な粘土《ねんど》を削《そ》ぎ落《お》とすと、リングのベースが出来上がる。カッターで模様を刻んだりするには慣れが必要だけど……城山《しろやま》さんのこの手際《てぎわ》なら、すぐできちゃいそうだな。

(……てか、やっぱり城山《しろやま》さんはすごいな)

城山《しろやま》さんはじっとリングを見つめて視線を逸《そ》らさない。

すぐリングのベースまで完成させる器用さもさることながら、集中力がすごい。さっきまで和《なご》やかに説明を聞いていたのに、すっかりクリエイターモードだ。

(俺も負けてられないな)

さて、俺は何を作ろうか。

久しぶりの銀粘土《ぎんねんど》だし、少し凝《こ》ったものにしたい。デザインを決めるときは、まずテーマを決めるのが基本だ。もちろんテーマとは、このリングを届けたい相手だけど……。

「……あれ?」

そこでふと、俺は気づいた。

——何も思《おも》い浮《う》かばない。

いけない。集中が足りていない。

俺はもう一度、リングを届けたい相手を思《おも》い浮《う》かべる。でも、まったく思《おも》い浮《う》かばない。これまではアクセに向き合えば、すぐに思《おも》い浮《う》かんだんだけど……。

（……あっ）

日葵《ひまり》だ。

これまで俺は、アクセを日葵《ひまり》のために作っていた。俺の専属モデルとしてやってきた日葵《ひまり》をベースに、中性的で爽《さわ》やかなイメージのアクセサリーを考えた。

榎本《えのもと》さんをモデルにしたときや、学校の生徒にオーダーメイドアクセを作ったときもあったけど、やっぱり基本は日葵《ひまり》のためのアクセだった。

でも、その日葵《ひまり》はもういない。

これまで俺のアクセの中心だった日葵《ひまり》が消えて、途端《とたん》に空っぽな空間だけが残っているような気がした。

そういえば、俺は誰《だれ》のためにアクセを作るんだろう。

昨夜、咲姉《さくねえ》さんに言われて考えたけど、結局、答えは出なかった。その疑問が、再び鎌首《かまくび》をもたげるように現れる。

——本当の意味で、俺にアクセを作りたい理由なんてあるのか?

最初は、小学生のとき。

一度だけ会った初恋《はつこい》の女の子に届けたくて、フラワーアクセサリーにたどり着いた。

そして日葵《ひまり》に出会って……今度は日葵《ひまり》のためにアクセを作るようになった。

でも、その日葵《ひまり》とは道を違《たが》えた。

(……俺は日葵《ひまり》の気持ちを踏《ふ》みにじってまで、どこを目指したかったんだろう)

ふと悪寒《おかん》のようなものを感じた。

東京で天馬《てんま》くんたちと出会って……彼らの目指す先が、俺の目指す先だと思った。少しずつだけど、進んでいく手段も見つけた。でもその先って、どこなんだ?

足元を照らしていた灯《あか》りは、俺をどこに連れて行こうとしていたんだ? これまで何となくで済ませていた課題が、とうとう輪郭《りんかく》を伴《ともな》って出現した気がした。

夏休み。

紅葉《くれは》さんに自分の未熟さを思い知らされた。

これからは紅葉《くれは》さんにも、みんなにも負けないような強いクリエイターになると誓《ちか》った。

そして天馬《てんま》くんたちと出会って、同じ道を行きたいと思うようになった。その先にあるのが、きっと俺の目指す強いクリエイターなんだと思ったから。

でもそれは、日葵《ひまり》の望んだ未来じゃなかった。

俺は日葵《ひまり》と別れてでも、自分の理想を目指したいと願った。だから日葵《ひまり》が〝you〟に復帰したいというのを拒《こば》んだんだ。

でも、その日葵《ひまり》がいない俺は、何のためにアクセを作ればいいのかわからなくなった。

何のためにアクセを作れば、天馬《てんま》くんたちのような強いクリエイターになれるんだ？

ふと足元が真っ暗になった気がした。

足元の灯《あか》りは消え、途端《とたん》に一人、暗闇《くらやみ》に放り出されたような気分になる。

（……俺は何になりたかったんだ？）

先日の洋菓子《ようがし》店のバイトで、何かを掴《つか》みかけたような気がした。

『榎本《えのもと》さん。俺、馬鹿なことを考えた――』

あのとき、俺は榎本《えのもと》さんに何を言おうとしたんだっけ……？

思考がまとまらない。

集中できない。

結局のところ、本当に俺はアクセで日葵《ひまり》を繋《つな》ぎとめたいだけだった？

たった半年の恋《こい》が、俺の三年間を否定するような気がした。

これまで俺がやってきたことは無駄《むだ》だったのか？

そんな嫌《いや》な思考が、頭の中を真っ黒にしようとした瞬間《しゅんかん》――。

「悠宇《ゆう》センパイ！」

「……っ！」

城山《しろやま》さんの声で現実に引《ひ》き戻《もど》された。

ハッとして顔を向けると、彼女は不思議そうに俺の肩《かた》を揺《ゆ》すっている。

「銀粘土《ぎんねんど》の形成できましたけど、どうしたんスか？」

「あ、いや……」

俺は誤魔化《ごまか》すように笑った。

城山《しろやま》さんの銀粘土《ぎんねんど》で形成したリングを手にして、その出来を確認《かくにん》する。シンプルに厚いリングの側面に、細いデザインナイフで『ＭＥＩ』と刻んでいた。焼成《しょうせい》の後の磨《みが》きやすさも考慮《こうりょ》してあるようだ。自然と先の工程を視野に入れられる能力は、やはり城山《しろやま》さんの冷静な目があればこそなんだろう。

「さすがだね。初めて作ったとは思えないよ。下のリビングからカセットコンロを持ってくるから、焼成《しょうせい》までやってしまおう」

「はい！　あたしもすごく楽しくて……」

と、城山《しろやま》さんが突然《とつぜん》、俺の袖《そで》をきゅっと引いた。

「悠宇《ゆう》センパイ」

「な、なに？」

そしておもむろに、俺の頭をぐりぐりと撫《な》で回《まわ》してくる。

「よしよし。大丈夫《だいじょうぶ》ッスよ～」

「え？ 何なの？ これどういうことなの？」

城山《しろやま》さんはどや顔で胸を張った。

「いや～。なんか悠《ゆう》字センパイ、ダウってるな～って思ったんで」

「ダウってるって何？」

「お姉曰《ねえいわ》く『うわあいつダウナー堕《お》ちてんじゃんヤバ』だそうッス。今日一日、ずっと心ここにあらずでした」

「そりゃヤバいッスね……」

……どうやら、俺がメンタルやられてることは、しっかり見抜《みぬ》かれていたらしい。

いや、あるいは勘《かん》の鋭《するど》い城山《しろやま》さんだからわかったのか。とにかく俺が抵抗《ていこう》をやめると、城山《しろやま》さんは頭を撫《な》で続けながら言った。

「あたしが学校で嫌《いや》なことがあると、お姉《ねえ》がこうしてくれるんスよ」

「そうなんだ……」

「ちょっと恥《は》ずかしいッスけどね。でも、すごく落ち着くんス」

「…………」

城山《しろやま》さんがほんのり顔を赤く染め、えへへと笑った。

「日葵《ひまり》センパイは大丈夫《だいじょうぶ》ッスよ」

「……っ」

まるで心の中を覗《のぞ》かれたようだった。

でも不思議と不快じゃなかったのは……相手が城山《しろやま》さんだからなのかもしれない。なんとなくこの子には、どんな見栄《みえ》を張っても無駄《むだ》だという感覚がある。

それは生来の鋭《するど》さだったり、あるいはアクセに真剣《しんけん》に取り組む同志だとわかっているからこそのシンパシーなのか。あるいは突《つ》っぱねそうになるような慰《なぐさ》めの言葉も、素直《すなお》に受け入れられるような気がした。

「ずっと走り続けられる人なんていないッス。いまはちょっと休憩《きゅうけい》してるだけ。すぐに戻《もど》ってくるッスよ」

「なんでそう思うの？」

「うーん。勘《かん》……ッスかね」

「勘《かん》ッスか」

そこで変に理屈《りくつ》をこねないのが、逆に俺にはありがたいように思えた。

「悠宇《ゆう》センパイの三年間が無駄《むだ》だったことなんてないッスよ。ちゃんと日葵《ひまり》センパイに情熱は届いてるはずッス」

城山《しろやま》さんはそう言って、元気づけるようにぐっとこぶしを握《にぎ》る。

「だって悠宇《ゆう》センパイのアクセに出会ったから、あたしもアクセ頑張《がんば》ってるんスよ。確かにきっかけは日葵《ひまり》センパイでしたけど、悠宇《ゆう》センパイの情熱が嘘《うそ》だとは思いません。あたしはちゃんと悠宇《ゆう》センパイのアクセが好きだから、一緒《いっしょ》に頑張《がんば》りたいって思ってます」

そして俺の背を押してくれる。

「だから悠宇《ゆう》センパイがすることは、後ろを向いて立ち止まることじゃないッス」

「……………」

そのまっすぐなまなざしに、俺の身体《からだ》が震《ふる》えた。

俺は馬鹿だと思った。

たかが失恋《しつれん》一つ。

たかが半年の恋《こい》を失っただけで、どうしてこの三年間を否定しようとしたんだろうか。

日葵《ひまり》は大丈夫《だいじょうぶ》。

城山《しろやま》さんの言葉に、なぜか俺は強く背中を押されるような気がした。

俺がやることは、過去を振《ふ》り返《かえ》って後悔《こうかい》することじゃない。

咲姉《さくねえ》さんも言っていた。たとえ二度と交わらないとしても、それは終わりじゃない。その経験も糧《かて》にして、俺というクリエイターを仕上げていけばいい。

たとえ違《ちが》う道を歩んでいても、それでも俺という人間が掲《かか》げる灯《あか》りが届くほどに自分を磨《みが》き上《あ》げていくべきだ。

思えば最初から、俺はそんな風に情熱を人々に届けられるような人間になりたかった。

他人の人生すら変えてしまえるような強烈《きょうれつ》な輝《かがや》きを放つ想《おも》いを、小さなアクセに閉じ込められるような人間になりたかった。

──それがきっと、俺が憧《あこが》れた『強いクリエイター』の答えなのかもしれない。

自分が情けなくて、俺は苦笑《くしょう》した。

「これじゃ、どっちが師匠《ししょう》かわかんないな……」

「アハハ。あたしも偉《えら》そうなこといえないッスけど」

「いや、そんなことはないよ」

そんなことはない。

実際に、こうして俺は救われた。

「ありがとう。少しだけ気持ちが晴れたような気がする」

俺は間違《まちが》ったんだろうか。

もしかしたら、そうかもしれない。

あるいは日葵《ひまり》の手を取って、二人で恋《こい》に全《まっと》うすることも一つの幸せなんだろう。

でも、俺はそれだけじゃ無理だから。
どんなに不器用だと言われ、どんなに馬鹿だと責められても。
俺は、俺が理想としたクリエイターを目指したい。
そのためにできることを、いまは一歩一歩進んでいくしかないんだ。

Ⅲ

〝あなたとの戦いを宣言する〟

翌朝。

十二月二十六日。

ゆさゆさと身体《からだ》が揺《ゆ》すられる感覚で目が覚めた。部屋のカーテンが開かれて、瞼《まぶた》の向こうが明るくなる。

睡魔《すいま》に抵抗《ていこう》して布団《ふとん》をかぶり直そうとしたが、それを引っ張られて阻止《そし》された。

「悠宇《ゆう》センパイ。起きてくださーい」

……城山《しろやま》さんの声がする。

昨夜は遅《おそ》くまで頑張《がんば》っていたのに、早起きして偉《えら》いなあ。でも、もうちょっと寝《ね》かせてほしい。だって冬休み……んん？

なんで城山《しろやま》さんが？

ああ、そういえば家出してうちに来てるんだっけ？　そんで咲姉《さくねえ》さんや父さんにも気に入られている。そういえば母さんからはオーケー出たのかな。

まあ、たぶん咲姉《さくねえ》さんがうまくやったんだろう。だってトラブってたら、絶対に俺が怒《おこ》られてるはずだし。具体的に言うと布団《ふとん》で簀《す》巻《ま》きにされてベランダに吊《つ》るされてるとか。

「悠《ゆう》宇センパイ、悠《ゆう》宇センパイ」

「ん――……」

これはアレだな。起きるまで粘《ねば》られるやつだ。

仕方ない。起きるか。いつまでも年下の子を待たせるわけにはいかない。俺は微睡《まどろ》みへの別れを惜《お》しみながら、ゆっくりと瞼《まぶた》を開けた。

チャイナ服の美少女が、俺を見下ろしていた。

俺は即行《そっこう》で布団《ふとん》をかぶり直した。

どうやらまだ夢の中のようだ。そうだよな。夢じゃなきゃ、ご丁寧《ていねい》にツインお団子ヘアに整えた美少女が起こしてくれるなんてありえない。ここは三次元の世界なんだよ。

ハロー微睡《まどろ》み。コンマ一秒ぶりの再会だね。おまえのこと、もう絶対に離《はな》さないぜ！

「悠宇《ゆう》センパイ、起きてくださ〜い！」

……めっちゃ布団《ふとん》を引きはがそうとしてくる。どうやら現実のようだ。

違《ちが》うんだ。

俺が目指す理想のクリエイターは、こう、アクセの弟子《でし》にチャイナ服を着せて朝起こさせるような人間ではなくて、その、なんといえばいいのか……。

わかんねえ。もうわかんねえよ咲姉《さくねえ》さん。俺という人間はどこに仕上がっていくんだよ咲姉《さくねえ》さん……。

俺はゆっくりと布団《ふとん》から顔を出した。真冬の朝、寒い。

「……城山《しろやま》さん。なんでチャイナ服？」

定番の赤いロングドレス。脚の部分は長いスリット入りでおみ足が眩《まぶ》しい。冬という季節に全力で逆らっていく強靭《きようじん》な精神力がうかがえた。産卵《さんらん》期の鮭《さけ》かな？

そんな城山《しろやま》さんはこの爽《さわ》やかな朝日のような笑顔《えがお》で、寝《ね》ぼけた俺を照らした。

「お姉様が、悠宇《ゆう》センパイはチャイナ服の女の子に起こしてもらうのが夢だって言ってました！」

この混沌《こんとん》、その咲姉《さくねえ》さんの仕業《しわざ》だったわ……。

そういえば城山《しろやま》さんのバックパックの中身、こんなのばっかだって言ってたな。えーっと、メイド服と、チャイナ服と、あと何があるんだろ？

「明日はナース服ッス！」

「地獄《じごく》かよ」

明らかにアレじゃん。料金が発生するタイプのサービスじゃん。俺、未成年なのでそういうのはいらないですお願いします。

あー、なんか夏休みの東京旅行を思い出すな。榎本《えのもと》さんと禁断の一夜（笑）を過ごした日のことだ。にゃんにゃんプレイの最中にルームサービス持ってきてくれたお姉さん、こんな気分だったのかな。今更《いまさら》だけど本当に申し訳ない。邪気《じゃき》を打《う》ち祓《はら》うために部屋の四隅《よすみ》に盛り塩しなきゃ……。

「おはよう、城山《しろやま》さん」

「おはようございます！」

俺は観念して起きることにした。

するとすぐに、咲姉《さくねえ》さんが顔を出す。目の下にクマができているので、おそらく夜勤明けだろうな。

「愚弟《ぐてい》。ようやく起きたのね」

「咲姉《さくねえ》さん。城山《しろやま》さんに変なことさせないで、服を貸してあげなよ……」

「私の服だと、ブカブカになるでしょ」

「あ、そういうこと。……いや、それでもコスプレさせるのはどうなの？」

絶対に趣味《しゅみ》が優先してるだろ。

俺がうんざりしていると、城山《しろやま》さんが瞳《ひとみ》を潤《うる》ませながら上目遣《うわめづか》いに聞いてくる。

「悠宇《ゆう》センパイ、あたしのチャイナ服はお嫌《きら》いッスか？」

「肯定《こうてい》しても否定しても大変なことになっちゃうんだよなあ……」

本人がいいならいいんだけどさ。似合ってるし。

俺がチェストから普段《ふだん》のパーカーを引っ張り出していると、城山《しろやま》さんが意気込んで言う。

「悠宇《ゆう》センパイ、今日は一緒《いっしょ》に頑張《がんば》りましょう！」

「あ、うん。……ん？」

一緒《いっしょ》に？

俺が振《ふ》り返《かえ》ると、彼女は非常に張り切って続ける。

「あたしも今日から、コンビニのお手伝いします！」

「ええ？　なんで？」

咲姉《さくねえ》さんに目を向ける。

愛《いと》しのお姉様は、こともなげに答えた。

「昨日、あんたが一人逃《に》がしたでしょ。その代わりに、芽依《めい》ちゃんが手伝ってくれるそうよ。あんた、いい弟子《でし》捕《つか》まえてきたわね。でかしたわ」

「俺が逃《に》がしたわけじゃないけど、さすがにどうなの？」

そういえば、米良《めら》さんだっけ。

まあ、しょうがないよな。あの状況《じょうきょう》、たぶん俺が同じ立場でも逃《に》げてるだろうし。ぶっちゃけると、俺も気まずいから逃《に》げてくれて助かったまである。

「城山《しろやま》さん、無理に手伝わなくてもいいんだよ」

「いえ！　あたしもやってみたいです！」

健気《けなげ》か。

よくできた娘《むすめ》さんだなあ。なんか昨日から父性が刺激《しげき》されっぱなしで、ちょっとお父さんみたいな気分になってしまう。将来、この子と付き合いたいやつは俺に言え！　俺を倒《たお》す男しか認めんからな！

「わかった。とりあえず、今日だけお試《ため》しでやってみようか」

「はい！」

眩《まぶ》しい笑顔《えがお》の城山《しろやま》さん。

……と、対照的な汚れた大人《よご》である咲姉《さくねえ》さんに聞く。

「咲姉《さくねえ》さんはどうすんの？」

「私は寝《ね》るに決まってるでしょ」

「そうですね……」

まあ、そういう人だよこの人は。

♣♣♣

城山《しろやま》さんを連れて、向かい側にあるコンビニへ向かった。

「悠宇《ゆう》センパイのお家《うち》、コンビニだったんスね。あれ？　でもこんなお店、他には見たことないッス」

「うちは個人経営の店なんだよ」

「へぇ！　すごいッス！」

「ありがとう。営業担当の母さんが地元のいろんな商品をかき集めて、それを父さんが店で売ってる感じかな」

……と、説明したままではいいんだけど。

「あのさ。やっぱり俺のパーカーのほうがいいんじゃ……」

城山《しろやま》さんは引き続き、バリバリのチャイナ服だった。

こう、なんて言えばいいんだろうか。いつもの日常の風景にチャイナ服の美少女がいると、非日常感がすごくて逆に仕事やる気なくなるな……。

しかし城山《しろやま》さんは、いたって普通《ふつう》に言った。

「え？　でもあたし、お姉《ねえ》のお店を手伝うときはいつもこういう格好ッスけど」

「そ、そうなんだ。わかった……」

城山《しろやま》さんがよいなら文句はないです……。

(なんか今日は大変なことになりそうだな……)

昨日と同じように、裏口からバックルームに入った。

すでに父さんは来ているはずだから……おや？

バックルームにある四人掛《が》けのテーブル。休憩《きゅうけい》のときにご飯を食べたり、作業をするときに使うんだけど……。

それに見知らぬ女性が腰掛《こしか》けていたのだ。

着物姿の貫禄《かんろく》がある人だ。年齢《ねんれい》は、うちの両親とそう変わらないように思う。すごく上品な雰囲気《ふんいき》で、静かに座っていた。

……しかしバックルームは、魔界《まかい》の如《ごと》く冷たい空気に満ちていた。

その女性に対して、父さんがビクビクと震《ふる》えている。さながら魔王《まおう》の前に出された下級モンスターのようだ。なんか漫画《まんが》の一コマにありそうだな。

俺たちはバックルームから顔を引っ込めた。

城山《しろやま》さんが不思議そうに言う。

「あの人、誰《だれ》ッスか？」

「いや、俺は知らないな……」

あの状況《じょうきょう》、なぜか父さんが怒《おこ》られてるっぽいのは確かだ。

うちはフランチャイズじゃないから、営業さんが見回りにくるようなことはない。取引先にも、あんな人はいなかった。

「もしかしてクレーマーさんとか？」

「あ、それありそうだな」

うちの商品に何かトラブルがあったとか、スタッフとのいざこざとか。

ほら、うちって咲姉《さくねえ》さんがお世辞にも愛想《あいそ》がいいとは言えないし。外回り担当の母さんも気が強いから、たまにトラブルあるんだよね。で、だいたいそのとばっちりが父さんに行く。

どうしよう。もうシフトの時間だけど、あれじゃ入れそうにないな。出直そうかな……とか考えていると、バックルームのドアが内側から開いた。

「悠宇《ゆう》！　来たなら入りなさい！」

「え？　俺？　なんで？」

すると父さんがドアを閉め、ひそひそ声で言った。

「おまえ、昨日、何をしたんだ？　大変、怒《おこ》っていらっしゃるぞ」

「いや、何の話？　全然、流れが見えないんだけど……」

するとと再び、バックルームのドアが内側から開いた。

先ほどの着物の女性が、じろっと俺を睨《にら》んだ。そして地の底から響《ひび》くような冷たい声で、父さんに問《と》い詰《つ》める。

「夏目《なつめ》さん。この子が、例の息子《むすこ》さんでいらっしゃるの？」

「は、はい！　そうですが……」

父さんが完全に圧倒《あっとう》されてしまっている。

これは参った。どうやら狙《ねら》いは俺らしい。昨日、なんかトラブったっけ？　クリスマス当日でそれなりに忙《いそが》しかったけど、別にミスとかはなかったはず。てかマジでどういう状況《じょうきょう》？

俺がガクガク震《ふる》えていると、その女性が言った。

「あなた。昨日、わたくしの娘《むすめ》に、酷《ひど》いことをなさったそうですね？」

「え？　娘《むすめ》さん？」

なんだ？　全然、心当たりがない。

娘《むすめ》さんってことは、俺と同年代の女子？　マジで誰《だれ》？

父さんに助けを求めるように視線を向けると……。

「悠宇《ゆう》。おまえ、日葵《ひまり》ちゃんと別れたからって……」

「ねえ？　もっと息子《むすこ》を信じないの？　真っ先に俺を黒だって決めつけるのマジでショックなんだけど？」

すると城山《しろやま》さんが……。

「悠宇《ゆう》センパイ。それはないッスよ……」

「ねえ？　もっと粘《ねば》らない？　師匠《ししょう》のこと信じてなさすぎでは？」

昨夜、あんなに感動すること言ってくれたのに……俺は一人でしくしく泣いた。

その女性が帯に挟《はさ》んだ扇子《せんす》を取り出し、パチンと広げる。

「わたくしの娘《むすめ》が、昨日、アルバイト先の先輩《せんぱい》からいじめを受けて辞《や》めさせられたと訴《うった》えておりますの」

「いじめ？　辞《や》めさせる？」

マジでまったく身に覚えはなかったが……その言葉でピーンとくるものがあった。

父さんに確認《かくにん》してみる。

「あのさ、父さん。この人は……」

「あ、そうだ。悠宇《ゆう》はお会いするのは初めてだったね」

そしてコホンと咳《せき》をして、着物の女性を紹介《しょうかい》した。

「この方は米良《めら》さん。母さんのお友だちで、日本舞踊《にほんぶよう》の先生をしていらっしゃるんだよ」

「……なるほど」

偶然《ぐうぜん》、ではないだろう。

それでなくとも、ここら辺では珍《めずら》しい苗字《みょうじ》だ。

つまり昨日、とんずらこいたバイト女子、米良《めら》さんのお母さんだ。そしてこの口ぶりから、おそらくバイトを逃《に》げた理由を、俺に擦《なす》り付《つ》けたのだろう。

……と、視界の端《はし》。

コンビニの駐車場《ちゆうしやじよう》から、こっちの裏口を覗《のぞ》いている人影《ひとかげ》を発見した。

当然、米良《めら》さんだ。

やけに慌《あわ》てた顔で「シーッ、シーッ」と人差し指を口の前に当てている。

俺は少し考えた後、米良《めら》さんのお母さんに言った。

「……昨日、米良《めら》さんは挨拶《あいさつ》をしたら、すぐにお腹《なか》が痛いと言って帰りました。俺は何もしてませんけど」

「…………」

ぴくっ、と米良《めら》さんのお母さんが反応する。

俺の父さんに「そうですの？」と確認《かくにん》すると、父さんもうなずいた。そして小さく長い息を漏《も》らし、ゆっくりと振《ふ》り返《かえ》った。

「鎌子《かまこ》」

隠《かく》れていた米良《めら》さんが、ビクーッとなった。

彼女が物陰《ものかげ》からおずおずと出てくると、お母さんは怖《こわ》い笑顔《えがお》で扇子《せんす》を叩《たた》く。

「鎌子《かまこ》。どういうことですの？」

「ま、ママ。これは……」

「お母様」

「ひっ。お、お母様……」

その圧たるや、まるで阿修羅像《あしゅらぞう》の如《ごと》し。穏《おだ》やかな着物姿の背後に、百万の武具を携《たずさ》えた羅刹《らせつ》が見えたのは俺だけではないだろう。……なんか雲雀《ひばり》さんを彷彿《ほうふつ》とさせる人だな。

阿修羅《あしゅら》お母様の一撃《いちげき》が、米良《めら》さんの頭を見舞《みま》った。

「ほんっっっとうに、申し訳ございませんでした！」

俺の前で深々と頭を下げる阿修羅《あしゅら》お母様と、ぐいっと頭を押さえつけられる米良《めら》さん。

「この子、少し奔放《ほんぽう》に育てすぎまして。しっかり話して聞かせますので、お許しくださいませ」

「い、いえ。俺は別に……」

オホホと笑いながら、米良《めら》さんの頭をぐいぐい押さえつける。いや、折れるからもうやめてあげて。それ以上やるとマジで腰《こし》が使い物にならなくなっちゃうから。

……なんか見た目と違《ちが》ってパワフルなお母様だなあ。うちの母さんと友だちっていうのもうなずける。

「それじゃあ、バイトは……」

「夏目《なつめ》さんのご許可さえ頂ければ、もちろん続けさせますわ。何せこの子、ご学友に弁償《べんしょう》しなければならないお金がございますので」

「へ、へえ。それは大変ですね」

「ぜひ悠宇《ゆう》様には、先達としてご面倒《めんどう》を見ていただけるようお願いします」

「先達て……」

学友に弁償《べんしょう》？　ってことは、学校の友だちの持ち物でも壊《こわ》しちゃったのかな。なるほど。あんまりバイトとかしそうなタイプに見えなかったけど、なんか事情があるのだろう。

その米良《めら》さんは「ぐぬぬぬぬ……っ」て顔を真っ赤にしている。べ、別にいい気味とか思ってないんだからね！　ただちょっと「記念に写真撮《と》っとこうかな」って思ってるだけなんだから！　……俺の中のツンデレが性格悪すぎる。

（でも、まさか母親に連《つ》れ戻《もど》されるとは……）

母さんの友だちっていうし、そういう伝手《つて》でバイト先が決まったんだろう。それなら簡単には辞《や》められないだろうな。お母様、厳しそうだし。

……まあ、俺としてはこのままバイト辞《や》めてもらったほうが安心できたんだけど。ただ口が裂《さ》けても言えないな。阿修羅《あしゅら》怖《こわ》いです。

「そういえば、悠宇《ゆう》様は鎌子《かまこ》と同じ学校に通っていらっしゃるのですわね？」

「あ、はい。俺は二年です」

「もしかして鎌子《かまこ》と同じ部活だったりするのでしょうか」

「え？　どうしてですか？」

お母様がころころと笑った。

「いえ。この子、最近は部活も行かなくなって困っておりましたの。それが昨夜あなたのことだけやけに饒舌《じょうぜつ》にお話しするものですから」

「いえ。部活は園芸部なので……」

何をお話ししたのかは知らないし、怖《こわ》いから聞かないけど……。

俺はできるだけ穏便《おんびん》に進めるべく端的《たんてき》に説明した。

「米良《めら》さんにアクセサリーを作ったことがあって、それで知ってる程度……ん？」

あれ？

なんか米良《めら》さんがこの世の終わりみたいな真っ青な顔になっている。

そしてお母様のほうは……。

「かあ～まあ～こお～？？？？」

ひえっ。

なんかものすごく怖《こわ》い顔で、米良《めら》さんを睨《にら》んでいる。

……そして一瞬《いっしゅん》の後、うちのコンビニの裏手には米良《めら》さんの汚《きたな》い悲鳴が響《ひび》き渡《わた》った。

♣♣♣

それからの話を要約すると、こうだ。

先月の文化祭でのアクセ販売会《はんばいかい》。

その初日だった。午後からゲストとしてディベート大会に参加した雲雀《ひばり》さんに、宣伝としてアクセの一つを身に着けてもらった。

それが絶大な効果を発揮し、捌《さば》ききれないほどのお客さんたちがやってきた。

俺たちが天手古舞《てんてこまい》になっている間に、この米良《めら》さんの友だちがさりげなくアクセを盗《と》っていった……というのは、俺たちの悪い想像だったけど。

どうやら、それは真実だったらしい。

先日、お母様が米良《めら》さんの部屋を掃除《そうじ》していた際、クローゼットから大量の花のアクセサリーが出てきた。

それが何かと問《と》い詰《つ》めた結果、俺と米良《めら》さんの因縁《いんねん》——七月のアクセ破壊《はかい》事件に始まり、先日の文化祭の一件までもがお母様の耳に入ることになった。

「笹木《ささき》先生が対応してくださったようですが、せめてアクセサリーの弁償《べんしょう》だけでもさせないといけないと思いまして夏目《なつめ》さんにご相談をしましたの。それがまさかご当人にお会いできるとは思いませんでしたわ。その節は大変申し訳ございませんでした」

「そ、それは、なんというか……」

もはや俺にとって過去のことになっていたせいか、どうも謝罪に実感がわかないなあ。

「いえ。あの件は俺にも非があったので。どうかお気になさらずに……」

「まあっ！」

なぜか感動した様子のお母様は、目を潤《うる》ませながら俺の手を取る。

「お優《やさ》しいのですね。うちの娘《むすめ》にも見習ってほしいですわ！」

「それは、どうでしょうかね……」

あ、なんかこの人、咲姉《さくねえ》さんと同じ匂《にお》いがする。具体的に言うと、身内にだけめちゃ厳しいタイプ。なんか米良《めら》さんに変なシンパシー感じて可哀《かわい》そうになってきちゃうな……。

「なんか災難だったね……」

それは米良《めら》さんに向けた言葉だったけど、返ってきたのはガン睨《にら》みだった。いや、さすがに俺のせいじゃないじゃん……。

お母様はオホホと笑いながら、米良《めら》さんの腰《こし》を折らんばかりの勢いで頭を押さえつける。

「ということで、存分にこき使ってやってくださいまし」

「わ、わかりました……」

そして着物の阿修羅《あしゅら》お母様は、娘《むすめ》を残して高そうな車で去っていった。

それを見送った父さんが、アハハとのんきに笑う。

「いやあ、パワフルなお母様だったねえ」

「あれそんなポジティブな言葉で片付ける？？？」

うちの母さんも厳しいけど、なんか別の意味で肉親じゃなくてよかったって感じ。

そして羞恥《しゅうち》の極《きわ》みにある米良《めら》さんは、顔を真っ赤にして吠《ほ》えた。

「なんでママの前で言っちゃうんだよ！」

「いや、あの状況《じょうきょう》じゃ、しょうがないじゃん……」

そもそも米良《めら》さんが変に取《と》り繕《つくろ》おうとしたから悪化しちゃったんだけど。

てか、あのお母様にしてこの子ありか。すげえ似てない……いや、だからこそわかりやすくグレちゃってるんだろうな。俺でも似たようなことになりそうだ。

と、それよりも……。

「父さんは知ってたの？」

「ああ、うん。米良《めら》さんの面接の後、咲良《さくら》が言ってたから」

なるほど……。

どうやら俺たちの恥《は》ずかしい関係は、知らぬ間に周知の事実だったらしい。そういえば咲姉《さくねえ》さんが言ってた「あんたにとっても面白《おもしろ》い子」ってそういう意味なのかな。マジで性格悪い。

と、それまで事の成り行きを見ていた城山《しろやま》さんが、俺のパーカーの袖《そで》を引いた。

「悠宇《ゆう》センパイ。この人、誰《だれ》ッスか？」

「あ、城山《しろやま》さんは知らないか……」

城山《しろやま》さんと知り合ったのは、つい最近だ。

文化祭では米良《めら》さんの友だちと話してたけど、さすがに米良《めら》さんのことは知らないはず。

「えっと、ほら。文化祭の販売会《はんばいかい》で、アクセの会計が合わなかったグループがいたよね？」

「そうッスね」

「あの人たちの友だちっていうか……あれを指示した子っていうか……」

「……っ！」

城山《しろやま》さんがくわっと目を見開き、米良《めら》さんを指さした。

「ああっ！　あの悠宇《ゆう》センパイのアクセをパクった人なんスか⁉」

「まあ、うん。言葉を選ばずに言えばね……」

本人を目の前にしてるんだから、もうちょっとオブラートに包んでくれればいいんだけどなあ！

その城山《しろやま》さんの発言に、米良《めら》さんも気づいた。同時に、にやーっと楽しげに言い寄る。

「は〜ん？　あんた文化祭のとき、このセンパイの手伝いしてたチビ子じゃん？　冬休みまでこいつの家にいるとか、大好きすぎじゃね？　うわ〜趣味《しゅみ》悪すぎ〜」

この子、全力で自分のこと棚《たな》に上げるんだが？？？

すると城山《しろやま》さん、たじろぎながらも反撃《はんげき》する。

「じ、自分だって悠宇《ゆう》センパイの家でバイトしてるじゃないッスか！」

さすが正論の鬼《おに》、城山《しろやま》さんがまったく同じことをストレートに指摘《してき》していく。

そのブーメランが予想外だったのか、米良《めら》さんが慌《あわ》てて言い返した。

「は、はあ⁉　わたしは別にこんな寂《さび》れたとこでバイトしたくなかったし！　もっと可愛《かわい》い喫《きっ》茶店《さてん》とかのほうがよかったし！　でもママに知り合いだからここにしろって言われただけだし！」

「あたしより年上なのに、自分でバイト先も決められないんスか？　お母さんに言われたからって、こんな地味なコンビニでバイトしてる事実は変わらないんじゃ……」

「は、はあああ⁉　そんなんじゃねーし！　こんな可愛《かわい》いスイーツの一つもない店なんてすぐ辞《や》めてやるし！　店長、もう辞《や》めます！」

やめて。やめてあげて。

俺は全然ダメージないんだけど、さっきから父さんが切なそうな顔になってるから。こんな地味で寂《さび》れたコンビニだけど、一応、父さんたちが頑張《がんば》って経営してる城だから！

と、口喧嘩《くちげんか》に夢中だった米良《めら》さんが、はたと気づいた。

「……え？　てかなんでコスプレしてんの？　どゆこと？」

うん。冷静になったらそうだよなあ……。

城山《しろやま》さんの服装はバリバリのチャイナ服だ。正直、城山《しろやま》さんだけ異空間っぽさが半端《はんぱ》じゃない。それに対して城山《しろやま》さんは、なぜか自慢《じまん》げに胸を張る。

「悠《ゆう》宇センパイが好きそうだから着てるッス」

「城山《しろやま》さん⁉」

米良《めら》さんが「引キ……」って感じで後ずさる。そうだよね！　普通《ふつう》はそういうリアクションになっちゃうよね！

じとーっとした目で、俺に向かって呟《つぶや》く。

「お花畑の上に変態……」

「ちょっと待って。誤解が……」

「誤解？　そういえば文化祭のとき師匠《ししょう》とか呼ばれてなかったっけ？　中学生にコスプレさせて師匠《ししょう》とか呼ばせてるのに誤解……？」

「反論の材料が見当たらねえなあ……っ！」

米良《めら》さんの矛先《ほこさき》が俺に戻《もど》ったのはいいこと……え、いいことなのか？　まあ、ね。弟子《でし》の不《ふ》祥事《しょうじ》は師匠《ししょう》の責任ってね。あ、コスプレのこと不《ふ》祥事《しょうじ》って言っちゃった。

そうだ。ここには俺の強い味方がいる！

「と、父さんも何か言ってくれない？」

「うーん。そうだなあ」

父さんが穏《おだ》やかに笑いながら、親指を立てる。

「大丈夫《だいじょうぶ》だ。変態なのは悪いことじゃないぞ」

「それフォローしてるつもり？　冗談《じょうだん》でしょ？？？」

褒《ほ》めて伸《の》ばす教育方針にしても限度ってもんがあるでしょ。

俺がうんざりしていると、城山《しろやま》さんが毅然《きぜん》とした態度で反論した。

「やめてください！　悠宇《ゆう》センパイはただの変態じゃありません！　すごい変態なんです！」

「城山《しろやま》さん。マジでしばらく黙《だま》ってて」

ここに俺の味方いねえわ。

俺は大きなため息をついて、変態の名誉《めいよ》を甘んじて受け入れることにした。運よくここは法治国家だ。犯罪に手を染めない限り、変態にも人権は与《あた》えられる。なんで前向きに生きる覚悟《かくご》決めてんだよ……。

「まあ、俺のこと変態とか言うのはいいけどさ。米良《めら》さん、バイトどうするの？　さっき辞《や》めるって言ってたけど……」

「うっ」

米良《めら》さんの勢いが萎《しぼ》んだ。

あのお母様の様子だと、性懲《しょうこ》りもなくバイト辞《や》めてきたなんて言った日には、えらい制裁が待っていそうだ。

「俺はどっちでもいいんだけど。でも、さすがに変態とか言われて気持ちいいものじゃないしな……」

「ううっ」

米良《めら》さんが完全に劣勢《れっせい》に陥《おちい》った。

フフフ。大人気《おとなげ》ないけど、ここは悦《えつ》に浸《ひた》らせてもらおう。悪いけど、俺は聖人ってわけじゃない。

先の一件は俺にも非があるとはいえ、米良《めら》さんのことをよく思ってないのは事実だ。冬休みのオールバイトが決定している以上、できれば辞退してくれるとありがたい。日葵譲《ひまりゆず》りの精神攻撃《こうげき》を喰《く》らえ。おりゃっ。

と、救いの手を差《さ》し伸《の》べたのは父さんだった。

「悠宇《ゆう》。あんまり女の子をいじめちゃいけないよ?」

「うっ」

……まあ、確かにそうだ。

お母様に言われて来たとはいえ、その理由は一応、俺にアクセの弁償《べんしょう》をするってことらしいからな。

……とか思っていると、城山《しろやま》さんが意気揚々《いきようよう》と割って入った。

「悠宇《ゆう》センパイが許しても、あたしは許しません！　どうせすぐ辞《や》めるんだし、ビシッと言ってやったほうがいいに決まってるッス！」

「……※」

あっ……と思った瞬間《しゅんかん》、米良《めら》さんがお団子を引《ひ》っ掴《つか》む。

「うるせえーっ！　おまえに決められる筋合いはないんだよーっ！」

「ぎゃあああっ！　暴力反対ッスーっ！」

その惨劇《さんげき》を見ながら、俺は鈍《にぶ》い頭痛を感じていた。

……俺の冬休み、どうなっちゃうんだろうな。

♣♣♣

気を取り直して、俺たちはバイトを開始した。

俺の仕事は、まず咲姉《さくねえ》さんに言われた新人教育。

お客さんの対応をしながら、米良《めら》さんに仕事内容を説明していた。

「……以上がレジ打ち機の操作になります。基本的にバーコードをピッてしてもらえば進みます。うちは個人経営だからポイントカードも作ってないし、困ったときは都度、俺に聞いてください」

うちのコンビニの期待の新人・米良《めら》さんはスカートの裾《すそ》をいじりながら返事をする。

「わーした」

めっちゃやる気ないやん……。

いや、わかるけどね。あんな羞恥《しゅうち》の後とか、俺でもそうなると思うわ。

「気まずかったら、無理にうちでバイトしなくてもいいんじゃない？　弁償《べんしょう》するだけなら別のとこでもいいわけだし。正直、俺も気まずいし……」

「わたしだって、他のところでバイトしたいよ。でも……っ！」

米良《めら》さんはものすごく悔《くや》しそうに、窓ガラスに貼《は》ってある求人ポスターを睨《にら》んだ。

あーね。

うちのコンビニ、お給料いいもんね。

うちは咲姉《さくねえ》さんの意向で、かなり時給が高めに設定されているのだ。軍師曰《いわ》く「金の余裕《よゆう》は心の余裕《よゆう》」らしい。なら俺のバイト代も上げてくれよって思うけど、弟は身内補正がつくからむしろ下がるようだ。うちの財務大臣が圧政すぎる……。

ということで俺よりも時給がいい米良《めら》さんは、この好待遇《こうたいぐう》を手放すのを惜《お》しんだようだ。冬休みだけって割り切るなら……まあ、俺でもそうするかもな。たった二週間だし。

「まあ、俺は米良《めら》さんがちゃんと働いてくれて、咲姉《さくねえ》さんに怒《おこ》られないなら何でもいいけど」

そのとき、コンビニの入口が開いた。

自前のチャイナ服に、俺たちと同じコンビニのエプロンを身に着けた城山《しろやま》さんだ。両手にわんさかとクリスマスの飾《かざ》りを抱《かか》えて、非常に満足そうに成果を報告する。

「悠宇《ゆう》センパイ！　クリスマスの装飾《そうしょく》、全部外してきましたーっ！」

うーん、こっちの家出少女はよく働くなあ。

てか、マジで手際《てぎわ》いいんだよなあ。店の仕事もすぐに覚えちゃうし。店内の掃除《そうじ》もテキパキ終わらせて、いつもより床《ゆか》が輝《かがや》いてる錯覚《さっかく》すらある。手伝い始めて三時間とは思えない熟練度だ。

やっぱりお姉さんの店を手伝ってるってのが大きいんだろう。服装さえチャイナじゃなければもっと感動してるところだ。

「城山《しろやま》さん、お疲《つか》れ様《さま》。そろそろ休憩《きゅうけい》にしようか」

「あっ！　それならアクセの修業《しゅぎょう》したいッス！」

「マジで？　いや、城山《しろやま》さんがそうしたいなら、俺はいいけど……」

元気あるなあ。

初日なんだし、普通《ふつう》はけっこう疲《つか》れるもんだけど。文化祭のときも感じたけど、基本的なバイタリティで完全に負けてる。

そして城山《しろやま》さんと、米良《めら》さん。

運命の悪戯《いたずら》によって同日にバッチングし、奇《く》しくも同僚《どうりょう》となってしまった二人。その相性《あいしょう》はというと……。

「ハア。ばっかみたい。自分でアクセ作って何が楽しいわけ？」

もう触《さわ》るものみな傷つける状態の米良《めら》さんが、吐《は》き捨《す》てるように言う。

スカートの裾《すそ》を乱暴に引っ張りながら、ものすご〜く不機嫌《ふきげん》そうだ。その発言はきっと、城《しろ》山《やま》さんよりも俺に向けられた皮肉だろう。

「……っ！」

城山《しろやま》さんが、むっとした様子で米良《めら》さんを見る。

自称《じしょう》〝you〟の一番弟子《でし》たる城山《しろやま》さんは毅然《きぜん》とした態度で──俺の背中に隠《かく》れながら言った！

「悠宇《ゆう》センパイのアクセは本当にすごいッス！　何も知らない人が勝手なこと言わないでくださーい！」

引けてる、引けてる。腰《こし》が本音を物語ってるよ城山《しろやま》さん。

マジで物陰《ものかげ》から吠《ほ》える小型犬だなあとか、ちょっと失礼なことを考えていると……そのビビり具合に気をよくした米良《めら》さんが、にやにやしながら顔を近づける。

「はーん？　あんた、こんな花のアクセ作ってるナヨナヨした男のこと好きなわけ？　うわー、センスなーい。そのお団子も野暮《やぼ》ったーい」

「す、好きとかじゃなくて尊敬してるだけッス！」

「それはなくなーい？　男と女じゃーん」

「ぐぬぬ……っ！　悠宇《ゆう》センパイ！　こんなこと言わせておいていいんですか⁉」

うーん……。

なんかアレだな。俺って同年代からは甘やかされてる節があるし、こういう厳しいスタンスの子は新鮮《しんせん》だなあ。いや、俺がマゾってわけじゃなくてね？　本当だよ？

と、他人事《ひとごと》で見てる場合じゃないな。

「米良《めら》さん。きみが俺のこと嫌《きら》いなのはわかってるし、しょうがないとも思うよ。あのときは俺も自分のレベルアップのことばかり考えてて、アクセを買った人たちのことまで意識が回ってなかった。正直、プロ失格だ」

米良《めら》さんがムスッとする。

まあ、嫌《きら》いな相手に何言われようとって感じだよな。でもこれだけはちゃんと理解してもらわなくては困る。

「でも城山《しろやま》さんを悪く言うのはやめてほしい。この子は、俺なんかよりよほどアクセに真摯《しんし》に取り組んでる。きみにアレコレ言う資格ないだろ」

「……っ！」

米良《めら》さんはぎゅっと唇《くちびる》を嚙《か》んだ。

「そんなの……っ！」

──そのときバックルームのドアが開いて、咲姉《さくねえ》さんが顔を出した。

不意に訪《おとず》れた静寂《せいじゃく》。

咲姉《さくねえ》さんは無表情で俺たちを見回すと、口を開けたまま微妙《びみょう》な感じになっている米良《めら》さんに言った。

「新人。騒《さわ》いでると時給引くわよ」

「わ〜いセンパイのアクセ素敵《すてき》です〜♪　すっごいセンスあるし、ものすごくセンスあると思いま〜す！　天才！」

この変わり身よ。

女子怖《こえ》ぇって思いながら……いや、この場合は諭吉《ゆきち》さんが怖《こわ》いのかな？　とにかく猫《ねこ》かぶりモードで俺のアクセを褒《ほ》め称《たた》える米良《めら》さんに同情しつつ、咲姉《さくねえ》さんに言った。

「咲姉《さくねえ》さん。別に俺は気にしてないし……」

「あんた、本当にアホね。私が愚弟《ぐてい》のメンタルケアなんかするわけないでしょ」

アホって言われた……。

いやまあ、咲姉《さくねえ》さんからは生まれたときから罵倒《ばとう》されてるし、ここで急に優《やさ》しくされても困るんだけどね？

「じゃあ、なんで米良《めら》さんを黙《だま》らせたの……？」

「店のために決まってんでしょ。客ってのは、意外に店員のこと見てるもんなのよ。たとえ店内に誰《だれ》もいなくても、ガラス張りだから外からは丸見え。いつ誰《だれ》が見てるかわからないの。だから店の中で揉《も》めるのは絶対にやめなさい。喧嘩《けんか》なら休憩《きゅうけい》中に裏でやりなさい」

俺の咲姉《さくねえ》さんが平常運転すぎる。

ただ違和感《いわかん》もあった。いつもの咲姉《さくねえ》さんの性格なら絶対に「喧嘩《けんか》両成敗よ」って俺の時給も引こうとするに違《ちが》いない。

やはり口では何だかんだ言いつつ、実の弟のことが心配なのだろう。フフフ素直《すなお》じゃないお姉様だぜ……とかアホなことを考えていると、その思考を華麗《かれい》に読んだ咲姉《さくねえ》さんが、うんざりした顔で言う。

「いや、あんたの時給はこれ以上引けないだけよ」

「待って？　今、俺の時給どうなってんの？　大丈夫《だいじょうぶ》？　国に怒《おこ》られない？」

まさかマイナスってことはないよねマイシスター？

「……てか咲姉《さくねえ》さん。今日は夜番じゃなかった？」

「あんたがバイトの指導できてるか気になったから、早めに来たのよ。まあ、案の定ってところかしらね」

そんなことを言いながら、俺たち三人を指さした。

「三人とも、休憩《きゅうけい》行ってきなさい。ちょっと頭を冷やしてくること」

「はい……」

これ以上、怒《おこ》られる前に、俺たち三人はバックルームへと退散した。

♣♣♣

咲姉《さくねえ》さんが店番を代わったことで、父さんは仮眠《かみん》のために家に向かった。

少し狭《せま》いバックルームに、四人掛《が》けのテーブルが一つ。その周りの椅子《いす》に座って、少し休《きゅう》憩《けい》を取る。

……つもりだったんだけど、城山《しろやま》さんが嬉々《きき》としてアクセ道具のバッグを持ってきた。さすがのバイタリティに感心しながら、俺は新しい分野を体験する。

城山《しろやま》さんが持ってきたいくつかの布地を、丁寧《ていねい》に指の腹で撫《な》でていく。

「へえ。こうやって並べて触《さわ》ってみると、布の質感って全然違《ちが》うんだね……」

「そうッスね。どの生地《きじ》を使うかで、かなり雰囲気《ふんいき》が変わります」

「……分厚ければ硬《かた》いってものでもないのか？」

「さすがッス！　いきなりそこに気づくのはすごいッスよ！」

「いやいや。普通《ふつう》でしょ……」

よいしょがすげえなあ。絶対に一宿一飯の恩義で補正かかってるだろ……。

自分の分野の知識を披露《ひろう》する機会に、心なしか城山《しろやま》さんが楽しそうだ。そういえば、俺も榎本《えのもと》さんに初めてアクセの作り方とか教えたときは楽しかったなあ。

城山《しろやま》さんが二つの生地《きじ》を取り出して、俺に触《さわ》らせる。

「素材によっては、同じ柔《やわ》らかさでも厚みが全然違《ちが》ったりします。こっちのはジャガード生地《きじ》っていうんですけど……そっちのボイル生地《きじ》と比べてみてください。同じくらいの柔《やわ》らかさって言われてます」

「おお、本当に厚みが違《ちが》うね。このボイル生地《きじ》？　のほうは向こうが透《す》けるくらい薄《うす》い……」

……これじゃどっちが修業《しゅぎょう》してるかわかんねえなあ。

つい苦笑《くしょう》してしまったけど、せっかくの機会なので存分に吸収させてもらおう。

……と思ったんだけど。

「米良《めら》さん？　大丈夫《だいじょうぶ》？」

米良《めら》さんが静かだと思ってたけど、なんかテーブルでぐったりしている。慣れない接客業と、俺という地雷《じらい》に相当滅《めい》入っているようだ。……これ二週間持つかなあ。

その米良《めら》さんは、どろどろとした負のオーラを放ちながらぼやいた。

「……ハア。もうしんどい。わたし、絶対にあのチーフに嫌《きら》われてる」

ああ、さっきの咲姉《さくねえ》さんのことか。

「いやあ、どうだろうな。あの人、普段《ふだん》から誰《だれ》にでも怖《こわ》いし、気にすることは……」

……ん？

なんか監視《かんし》カメラの映像が動いたような……ひえっ。咲姉《さくねえ》さんが監視《かんし》カメラに向かって中指立てていらっしゃる！　まさか盗聴器《とうちょうき》とか仕掛《しか》けてないよな？
コ、コホン、と咳《せき》をする。
そして極《きわ》めて爽《さわ》やかな笑顔《えがお》で言った。

「うちの咲姉《さくねえ》さん、優《やさ》しいから大丈夫《だいじょうぶ》だよ」

「……センパイ。めっちゃ手《て》の甲《こう》つねりながら言ってんだけど」

仕方ないでしょ。

人は本心と真逆のことをしようとすると拒絶《きょぜつ》反応が出ちゃうんだよ。それを抑《おさ》えるために受け入れなければいけない痛みというものがあるのだ。

「まあ、本当のところ、気にしなくていいよ。咲姉《さくねえ》さんはそういうわかりやすい物差しで測る人じゃないし。むしろあの一件は、クライアントが満足できないアクセを作った俺が悪いって考えてるはずだから」

「ええ〜。センパイ、お姉さんから嫌《きら》われてるの……？」

「……どうだろうな」

正直、否定できないのが辛《つら》い……。

でも実際、咲姉《さくねえ》さんは俺じゃなくて、俺の手伝いをする日葵《ひまり》を推《お》していた。だから俺のことも弟として扱《あつか》ってくれてたと考えると……あれ？　俺、日葵《ひまり》と別れたせいで家に居場所なくなった説あるのでは？

とか話していると、城山《しろやま》さんが割り込んだ。

「悠宇《ゆう》センパイ！　あたしとアクセ修業《しゆぎよう》の続きしましょう！」

「う、うん。アクセ修業《しゆぎよう》は続けるけど、どうしたの急に？」

さっきから、やけに米良《めら》さんに対抗《たいこう》しているような……。

すると城山《しろやま》さんは、うおおって熱い闘志《とうし》を燃やしながら言う。

「悠宇《ゆう》センパイはすぐダウっちゃうんで、あたしが守らないといけないッス！」

「俺の保護者かな？」

なんか使命に燃えてるなあ。ここまでくるとマジで俺の立《た》つ瀬《せ》がないけど、城山《しろやま》さんが楽しそうならいいか……。

城山《しろやま》さんは俺と腕《うで》を組むと、米良《めら》さんに威嚇《いかく》するように言った。

「ということで！　米良《めら》センパイは、悠宇《ゆう》センパイに意地悪しないでください！」

「いや、そこまでしなくても……米良《めら》さんの一件は、もう俺は気にしてないし……」

「ダメッス！　悠宇《ゆう》センパイ、日葵《ひまり》センパイと別れてメンタル弱ってるんですから！」

「あ、ちょ……」

それはいかん……と止める間もなく、とんでもないことを暴露《ばくろ》してしまう。

……米良《めら》さんが「にま～っ」としていた。

彼女が口元を押さえながら言った。

「え？　センパイ、あの彼女さんと別れたの？」

ほら嬉《うれ》しそうな顔になっちゃったじゃん！

いい餌《えさ》を入手した米良《めら》さんは、さっきまでのバイト疲《づか》れなんか何のそのって感じで、ずいずいとパイプ椅子《いす》をずらして迫《せま》ってくる。

「え～？　センパイの彼女って、わたしのこと引っ叩《ぱた》いた、あのショートの人だよね～？　うわあ～、センパイ、あんな可愛《かわい》い人逃《に》がしちゃったの～？　ウケる～」

カッチーン。

……っと、いかんいかん。

ついイラッとしかけた本能を、ぐっと堪《こら》える。

抑《おさ》えろ、夏目悠宇《なつめゆう》。相手は年下だぞ？　しかも同じ学校の下級生で、今はバイトの後輩《こうはい》だ。ここで口論になってもいいことはない。むしろ咲姉《さくねえ》さんに怒《おこ》られて、ただでさえヤバそうな時給がさらにエグいことになってしまう。

……ほら、冷静になってきた。

てか、こんなの日葵《ひまり》に比べたら可愛《かわい》いもんだよな。あの本職ぷっはー女の悪戯《いたずら》に比べれば、正直、児戯《じぎ》にも等しい感じ。こんな形で日葵《ひまり》と付き合ってきた過去が役に立つのもアレだけど、まあ、とにかく俺は冷静になった。

そう、俺はクールな男だ。

なので、ぼそっと呟《つぶや》く程度に留《とど》めておく。

「米良《めら》さんも似たようなものじゃないか？　クリスマスにバイト始めてたくせに……」

「……っ⁉」

米良《めら》さんの顔が、かああっと真っ赤になった。

俺は確かな手応えを感じた。積極的に悪戯《いたずら》する人間は、カウンターに弱い。その法則は世界共通のようで、さっきまでの米良《めら》さんの余裕《よゆう》は消えた。

米良《めら》さんは必死に反論してくる。

「わ、わたしはカレシ作らないだけだから！　センパイみたいな寂《さび》しい人じゃないし！」

「でも結果として同じだよな。こうやってコンビニでバイトしてるわけだし」

「マジでムカつく！　お花大好きなダサ男のくせに！」

「そのお花大好きなダサ男にバイト教わってる気分はどう？」

「ふ、二人とも！　落ち着いてくださいッス！」

城山《しろやま》さんが涙目《なみだめ》になって止めにかかる。

しかし完全に頭に血が上った俺と米良《めら》さんは、どんどんヒートアップしていく。

ぎゃあぎゃあ騒《さわ》いでいると、ふと異変が起こった。


——バタン！　と、バックルームのドアが乱暴に開いた。


俺たちは一瞬《いっしゅん》で黙《だま》り、一斉《いっせい》にそっちを向く。

もちろん咲姉《さくねえ》さんだ。

こめかみに『※』を浮《う》かべ、胡乱《うろん》な目で俺たちを睨《にら》みつける。

「……あんたら、店のほうまで下品な口論が聞こえてるわよ。全員まとめて海の藻屑になりたくなければ、トイレを新品同様になるまで磨《みが》いてきなさい」

「すんませんッシタ！」

慌《あわ》てて掃除《そうじ》道具を取りに向かった。

手分けして店のトイレを掃除《そうじ》しながら……しかし険悪な空気は漂《ただよ》っている。

「センパイのせいで……」

「米良《めら》さんのせいだろ……」

バチバチと火花を散らせる。

「なんであたしまで……」

そして完全にとばっちりを喰《く》らった城山《しろやま》さんが、ちょっと泣きながら言った。

うん。それは本当に申し訳ない……。

♡♡♡

——悠宇《ゆう》と別れた。


クリスマスが終わって、十二月二十六日。

あの衝撃《しょうげき》のメールから一夜が明け……わたしはとうとう行動を起こす決心をした。

きっと何かの間違《まちが》いのはず。

だって一昨日、ゆーくん、あんなに嬉《うれ》しそうにデート場所に行ったじゃん。もしかしてイヴのデートの約束、遅れちゃったから？　それで恒例《こうれい》のヒステリー起こしちゃったとか？　ひーちゃんのことだし、あり得るかも……。

それにあの恋愛《れんあい》ハッピー状態のひーちゃんが、こんな悪戯《いたずら》する必要ないし。

……つまり、本当のこと？

わたしはお昼頃《ひるごろ》に店の片付けを終えて、ゆーくんの家に向かった。

普通《ふつう》に連絡《れんらく》すればいいけど……いや、それはやめとこう。これがひーちゃんの悪戯《いたずら》だったら、踊《おど》らされてるみたいで癪《しゃく》だもん。

遠くから様子を確認《かくにん》するだけ。

やけに重い自転車のペダルを回しながら、ようやく目的地に到着《とうちゃく》した。

道のりが長く感じて、ものすごく息が切れている。ゆーくん家《ち》から少し離《はな》れたところに自転車を停《と》めて、そこでハッとする。

……どうやってゆーくんに知られずに、真相を確かめるんだろう。

直接、ゆーくんに聞く？　それはナシ。もし間違《まちが》ってたら気まずいし、何よりひーちゃんから「ぷっはー。えのっち信じてやんの一♪」とか笑われたらたぶん自分を抑《おさ》えられない。わたしは犯罪者になりたくはない。

そうだ。

咲良《さくら》さんに聞いてみよう。この時間ならコンビニにいるかも。もしひーちゃんの質《たち》の悪い冗談《じょうだん》だったら、一緒《いっしょ》に怒《おこ》ってもらえるもんね。

そう思って、そーっと窓ガラスから中の様子を窺《うかが》った。

レジのところにゆーくんがいて、わたしは慌《あわ》てて顔を引っ込めた。

ゆーくん、今日は普通《ふつう》にバイトしてる。

なんか平然とした顔で、他のバイトの女の子に仕事の説明をしてる。あの感じだと、新人バイトさんでも入ったのかな……ん？　あの気が強そうな女の子、どこかで見たような……気のせいかな。

うーん……。

もしひーちゃんの話が本当なら、ゆーくんもメンタルに大ダメージ入ってるはずだけど。少なくともカノジョと別れてすぐに「新しい可愛《かわい》い子とバイトだやったー！」ってタイプじゃないよね。どよどよしたオーラ放ちながら塞《ふさ》ぎ込《こ》んでるのがゆーくんだと思うな。

（どっちが本当なんだろ。とりあえず咲良《さくら》さんを……）

と、振《ふ》り返《かえ》ったとき。

そこに、城山芽依《しろやまめい》ちゃんがいた。

なんで芽依《めい》ちゃんが？

しかもさらに不思議なことに、チャイナ服のコスプレをしてゆーくん家《ち》のコンビニのエプロンを身に着けている。え、ほんとにどういうこと……？

外掃《そとは》き用の箒《ほうき》とちり取りを持っているところを見るに、掃除《そうじ》をしている最中らしい。わたしと目が合うと、ビクーッと震《ふる》えて固まってしまった。

その肩《かた》を掴《つか》んで、ズルズルとコンビニの裏に引きずっていった。

隅《すみ》っこに連れていくと、芽依《めい》ちゃんに聞く。

「芽依《めい》ちゃん。なんでここにいるの？」

「えっ、あっ、そ、その、えっと……ッス！」

「え……？　ごめん、もう一回……」

「あっ！　あの！　その、あたし、お姉《ねえ》とケン……しゅ、修業《しゅぎょう》ッス！　修業《しゅぎょう》の一環《いっかん》で、箒《ほうき》を使ってるッス！」

「お姉さんと修業《しゅぎょう》？　なんで箒《ほうき》……？」

何かの謎《なぞ》かけかな？

なんかものすごくテンパってるように見えるけど……あ、芽依《めい》ちゃんの髪《かみ》に、枯《か》れた葉っぱがくっついてる。どこかの木から落ちてきたのかな。こんな上手に頭に載《の》せてるなんて、逆にすごく器用だな。

と、その葉っぱを取ろうと手を伸《の》ばしたとき。

芽依《めい》ちゃんがこの世の終わりみたいに青ざめて、両腕《りょううで》で頭をガードした！

「…………」

「…………」

妙《みょう》な沈黙《ちんもく》が流れる。

これ、頭の葉っぱを守ろうとしたわけじゃないよね？

「……もしかして、わたしのこと怖《こわ》い？」

芽依《めい》ちゃんがギクーッと震《ふる》えた。

「そ、そそそ、そんなことないッス！　凛音《りおん》センパイのこともセンパイとして尊敬してるッス！　ほ、本当ッス！　信じてください！」

「…………」

芽依《めい》ちゃんはダラダラと滝《たき》のような汗《あせ》を流しながら、全力でブンブン首を振《ふ》る。すごく小型犬っぽい。

……ウソつけない子なんだろうなあ。

なんでこんなに怖《こわ》がられてるんだろう。わたし何かした……あっ。

文化祭でのアレコレを思い出した。

……そういえば初対面でアイアンクローしてから、ちゃんと二人で話してなかったかも。あのときはゆーくんのアクセ販売会《はんばいかい》のことしか頭になかったし。

「えっと、芽依《めい》ちゃん……？」

「あばばばば……」

あ、ダメっぽいコレ。

なんだか不憫《ふびん》になってきて、それ以上は仲良くなるのを諦《あきら》めた。

とりあえず、いまの話をまとめると……って、まとめるほどの情報はないけど。とにかくわたしは、一番気になっていることを聞いてみた。

「芽依《めい》ちゃん。ここで何してるの？」

「その……家出して、ご厄介《やっかい》になっている代わりに……お手伝いしてるッス……」

ええっ⁉

なんでそんなことに？　いや、それはいいか。よそ様のお家《うち》のことに口出しはしない。

ここにいる理由はわかった。知り合いを手《て》あたり次第《しだい》に辿《たど》ったら、ここに行きついたんだろう。普通《ふつう》は「ちょっと知り合い」程度の男子の家に行くとは思えないけど……妙《みょう》に行動力ある子だし、あり得ない話じゃないかも。咲良《さくら》さんの性格を考えると、うっかり受け入れちゃいそうだし。

でも、それならまずはひーちゃんの家に行くんじゃないかな。この子、ひーちゃんのことを〝you〟だって勘違《かんちが》いしてたよね？

「ひーちゃんは？」

「あっ……」

すっと、芽依《めい》ちゃんの雰囲気《ふんいき》が変わった。

さっきまで怯《おび》えてオドオドしてたのに、驚《おどろ》くほど静かな態度に変わる。ひーちゃんの話題になって、気持ちのスイッチが切り替《か》わった感じ。

……この子、こういう感情のオンオフが鋭《するど》いところ、ゆーくんに似てるんだよね。クリエイターって、こういう人が多いのかな。

その芽依《めい》ちゃんは気まずそうに俯《うつむ》いた。

「あたし、昨日、日葵《ひまり》センパイの家に泊《と》めてほしくて行ったんスけど……そこで日葵《ひまり》センパイから、悠宇《ゆう》センパイをお願いって言われて、ここに来たッス……」

「………」

その言葉だけで、十分に伝わった。

あのメッセージは、ひーちゃんの悪戯《いたずら》じゃない。わたしのこと揶揄《からか》いたいとしても、芽依《めい》ちゃんを巻き込むようなことはしない。芽依《めい》ちゃんがウソつけるような子でもないのはわかっているはず。

「……わかった。ありがとう」

わたしの口からは、それだけが漏《も》れた。

振《ふ》り返《かえ》って、自転車のほうに向かう。すると後ろから、芽依《めい》ちゃんが困惑《こんわく》しながら声をかけてきた。

「あ、あの……悠宇《ゆう》センパイに、会いにきたんじゃ……？」

「え？　ああ……」

どうしよう。別に会うつもりで来たんじゃないけど……。

ちょっと考えて、芽依《めい》ちゃんに言った。

「わたしが来たこと、ゆーくんには言わないでね」

「え？」

芽依《めい》ちゃんは「なんで？」っていう感じで、小首をかしげる。あ、これポロっと言っちゃうやつだ。

わたしは右手をわきわきと動かしながら、笑顔《えがお》で念を押した。

「ね？」

「は、はいッス!!」

ビクーッとしながら、直立不動で敬礼する。

……なんか変な上下関係ができちゃった。

わたしは自転車をゆっくり漕《こ》ぎながら帰路に就《つ》く。普段《ふだん》と同じ道、普段《ふだん》と同じ空気。なのにどこか現実味がなくて、雲の上を走ってるようなふわふわとした気分だった。

ゆーくん、ひーちゃんと別れたんだ……。

♣♣♣

……いかん。

ちょっと冷静にならないと。さすがに後輩《こうはい》相手に、本気で喧嘩《けんか》を買うなんて……あんまり自覚なかったけど、やっぱり日葵《ひまり》と別れたの相当こたえてるみたいだ。

そんなことを考えながら、陳列棚《ちんれつだな》を整える作業に移った。昨日までクリスマス……つまりスナック菓子《がし》やドリンク類が飛ぶように売れた後なのだ。

現場は嵐《あらし》が通り過ぎたような有様《ありさま》だった。客足が途絶《とだ》えたこの昼下がり、それを見栄《みば》えよく整えるのが俺たちの仕事になる。

「夕方、弁当類の搬入《はんにゅう》がある。それまでに他の商品の補充《ほじゅう》を完了《かんりょう》しないといけない。二人ともまだ商品を覚えきってないと思うけど、ゆっくりでいいから頑張《がんば》ってほしい」

「はーい……」

米良《めら》さんはさっきの喧嘩《けんか》が尾《お》を引いているのか、ぶすーっとした態度だ。

それでもバックルームで作業中の咲姉《さくねえ》さんが監視《かんし》カメラで見ているはずなので、それ以上は反発しない。

問題は……。

「城山《しろやま》さん？　聞いてる？」

「は、はいッス⁉」

何かに怯《おび》えるように窓の外を確認《かくにん》していた城山《しろやま》さんが、ビクーッと返事をした。

……どうしたんだろう。さっき外の木の葉を掃《は》いてきてもらってから、城山《しろやま》さんの様子がおかしい。まるで悪霊《あくりょう》と出くわして、また襲《おそ》われないかビクビクしているようだ。アメリカのB級ホラーみたいな既視感《きしかん》があるなあ。

と、それは置いといて。

「商品の陳列《ちんれつ》作業は、そんなに難しいことじゃないよ。減っている商品をチェックして、裏から同じ商品を持ってきて補充《ほじゅう》する。慣れないうちはメモ帳を使うのがおすすめだよ」

そう、作業自体は単純だ。

しかしここで問題になるのは……その役割分担。

慣れたスタッフ同士だと、それぞれ役割を決めてスムーズに作業を進めることができる。たとえば『商品を持ってくる係』と『棚《たな》に並べる係』って感じにね。

でもここにいるのは、三人中、二人が新人。ここは作業を身体《からだ》で覚えてもらうためにも、一通り自分でやってもらったほうがいいかもしれない。

理屈《りくつ》としては、そういう感じだ。

しかし三人が同じところで右往左往するには、コンビニの通路は狭《せま》すぎる。ちょっと効率もよくない。時間をかけすぎれば、咲姉《さくねえ》さんからどやされる可能性も出てくる。

ということで、それぞれ別の棚《たな》を担当することにした。

「取り急ぎ補充《ほじゅう》するのは、スナック菓子《がし》のエリア。カップ麺《めん》のエリア。そして——」

俺たち三人は、同時に店内の後方に視線を送る。

——ウォークイン。

つまりコンビニの大型冷蔵庫のことだ。お茶やジュース、そして酒類も収まっている。その特徴《とくちょう》は、冷たいドリンクのみを収納するという点。

これの補充《ほじゅう》の仕方を知っている人も多いだろう。この大型冷蔵庫には裏に人間が入れるスペースがあって、そこでドリンクを補充《ほじゅう》する。コンビニで買い物をしていると、うっかり作業中の人と目が合っちゃうなんて経験もあるよね。

まあ、何が言いたいのかというと……。

ものすごく寒いのだ。

夏場はともかく、冬期のウォークイン作業は軽く地獄《じごく》を見る。さっき城山《しろやま》さんと米良《めら》さんを案内した際にも「うわ、寒うっ！」「悠宇《ゆう》センパイ、これに入るんスか⁉」と悲鳴を上げていた。

本来なら複数人でやるところだが、いまは役割分担を決めたばかり。となれば、この後の展開は容易に想像がつく——。

「「——ジャンケンポン！」」

まるで示し合わせたかのように声を上げ、三人同時に右手を出す。

結果——グー・チョキ・チョキ。

城山《しろやま》さんが両手を上げてバンザイした。

「あたし、スナック菓子《がし》やります！」

さすがの『目』だ。

この三か所で、最も仕事がやりやすい場所をノータイムでチョイスしてきた。お姉さんの店で手伝いをしているだけのことはある。

……俺と米良《めら》さんは、自分が出したチョキを睨《にら》んでプルプル震《ふる》えていた。

そして自然と、お互《たが》いの目を見合わせる。

米良《めら》さんが両手を合わせて「おねが～い♡」とでも言いたげな悩《なや》ましいポーズを取った。

「センパ～イ。新人は簡単な作業から覚えていくのがセオリーだと思いますよね～？」

この子、急に甘い声出し始めたぞ？？？

さっきまで俺と口喧嘩《くちげんか》して、バチバチしながらトイレ掃除《そうじ》したの忘れてないよね？　三回くらい舌打ちするの見たし。もしかしてプライドないのかな？

いや、気持ちはわかるけどさ。この時期のウォークイン作業をするくらいなら、嫌《きら》いな男に媚《こ》びを売ってでも避《さ》けたいだろう。

だが断る。

アクセを壊《こわ》された一件は俺にも非があるし、もう気にしてはいない。それでも米良《めら》さんのことはあまり好きにはなれないし、そんな子に勝ちを譲《ゆず》るほど人間ができているわけないじゃん。

普段《ふだん》は日葵《ひまり》にいいようにやられていたが、ここぞというときはビシッと決める男だぜ。

俺は優《やさ》しい笑顔《えがお》で右腕《みぎうで》を振《ふ》った。

「さいしょはグー」

「あっ⁉　ちょ、センパイのプライドとかないわけ⁉」

そんなものあったら、咲姉《さくねえ》さんの弟なんかやってられるか。

「ジャンケン！」

「……っ！」

ぽんっ。

俺がグー。米良《めら》さんがチョキ。


——俺はガッツポーズを決めた。

城山《しろやま》さんがわあっと両手を上げる。

「悠宇《ゆう》センパイ！　さすがッス！」

そうだろう、そうだろう。

あまりに華麗《かれい》な勝利に、柄《がら》にもなく自分に酔《よ》いしれてしまいそうだ。

城山《しろやま》さんは興奮した様子で頬《ほお》を赤らめ、俺の雄姿《ゆうし》を称《たた》え続ける。

「まさか年下の女の子相手にガチで勝ちにいくなんて、普通《ふつう》はできないッスよ！　やっぱり日葵《ひまり》センパイの奴隷《どれい》としてじっくりコトコト自尊心を破壊《はかい》されてるだけあるッス‼」

この子、やっぱり俺のこと嫌《きら》いなのかな？？？？

……まあいい。ちょっと今のはメンタルに効いたけど、とにかく目的は達成した。振《ふ》り返《かえ》ると、米良《めら》さんが涙《なみだ》ぐんで呻《うめ》いている。

「うっ……うっ……マジでサイアク……絶対にセンパイの弱み握《にぎ》って学校生活めちゃくちゃにしてやる……っ！」

なんか怖《こわ》いこと言ってる。

俺の学校生活なんてぶっちゃけ弱みしかないんだけど、気のせいってことにしよう。だって怖《こわ》いもん。

さて、役割分担も決まったし、仕事にかかるか。

商品の在庫を確認《かくにん》するために、バックルームに向かった。

ここにあるのがストッカー……つまり大きな棚《たな》だ。それに在庫の商品がぎっしり並べられている。残念ながら、今はそれほど多く残ってはいないけど。

すべてが俺の予定通りに進んでいた。

……なぜかそこに、咲姉《さくねえ》さんがいたことを除けば。

咲姉《さくねえ》さんはタブレットを使って、ポチポチと発注作業を行っていた。

簡単に言えば、在庫のなくなった商品を卸売業者《おろしうりぎょうしゃ》に注文してるんだね。うちは地元の商品はメーカーから直接、仕入れるんだけど、メジャーなスナック菓子《がし》とかカップ麺《めん》は懇意《こんい》にしている業者に入れてもらっているのだ。

その咲姉《さくねえ》さんは、ちょうどカップ麵《めん》の棚《たな》の前にいた。それは当然、カップ麵《めん》の発注作業をしているということで……。

「カップ麵《めん》の補充《ほじゅう》はしなくていいわよ。まだ発注してるから後にしなさい」

「えっ。でも……」

「それよりウォークイン、ほんとにガラガラじゃない。あれ新人一人じゃ終わらないから手伝ってあげなさいよ」

「あっ……」

まるで神の悪戯《いたずら》のごとき展開。

一瞬《いっしゅん》で状況《じょうきょう》がひっくり返り、俺たちの間に緊張《きんちょう》が走る。

天上の民《たみ》たる咲姉《さくねえ》さんの言葉は絶対。そのことを察した米良《めら》さんが、にやーっとした。極寒《ごっかん》地獄《じごく》に俺を巻き込めて愉快《ゆかい》痛快という様子だ。

「センパイ、頑張《がんば》ろうね！」

「……うす」

いい笑顔《えがお》するじゃん……。

前にも思ったけど、米良《めら》さんって笑うと幼い印象になるよなあ。確かに可愛《かわい》らしいと思うけど、問題は邪悪《じゃあく》な幼さってところか。無邪気《むじゃき》にすべてを破壊《はかい》する邪神《じゃしん》の卵かな？

城山《しろやま》さんがおずおずと言った。

「悠宇《ゆう》センパイ、大丈夫《だいじょうぶ》ッスか？」

城山《しろやま》さんは、俺に優《やさ》しいな……。

まあ、だからと言って「代わります！」とは絶対に言わないって気概《きがい》が見えるけど。いいんだよ。そういう子が、この優《やさ》しくない世界を生き抜《い》《ぬ》いていけるんだね。

「大丈夫《だいじょうぶ》だよ。いつもやってるし。それにウォークイン対策はあるから……」

と、ウォークインへのドアを見た。

「……あれ？」

ウォークイン対策。

簡単な話、防寒着が掛《か》けてあるのだ。このコンビニでよくウォークイン作業を押し付けられる可哀《かわい》そうなバイトくんが、私物のジャンパーを常備している。

……のだが、なぜかそれが忽然《こつぜん》と消えていた。

すると、米良《めら》さんがにやにやしながら言う。

「センパイ、これ捜《さが》してるの～？」

「あっ⁉」

米良《めら》さんが、その黒いジャンパーを両腕《りょううで》に抱《かか》えていた。

ウォークイン作業をすると聞いて、目ざとく見つけていたらしい。

「あ、ダメだから。これ一着しかないんだし。当然、早い者勝ちだよね」

「あの、米良《めら》さん……」

「いや、それは……」

「センパイ、男なのに未練たらし～。さすがお花を愛する人。かわい～（笑）」

「そういうことじゃなくて……」

米良《めら》さんが、咲姉《さくねえ》さんに聞いた。

「チーフ。このジャンパー、わたしが使ってもいいですよね～？」

「………」

咲姉《さくねえ》さんは俺たちを一瞥《いちべつ》すると、やれやれとため息をつく。

「なんでもいいから、早く済ませなさい。あと一時間もすれば、弁当類の搬入《はんにゅう》が来るわよ」

「は～い♪」

許可を得た米良《めら》さんは、さっさと袖《そで》を通してしまう。

男物のジャンパーはブカブカだが、それはそれで生意気……いや、活発な印象の米良《めら》さんには似合っているように思う。

米良《めら》さんはこれ見よがしに、そのジャンパーを抱《だ》きしめるようにぎゅっと腕《うで》を回した。まるで愛《いと》しい人を抱《だ》きしめるように情熱的だ。

さすが極寒《ごっかん》に立ち向かおうとする戦士。命の危機に、人はどうしても恋愛脳《れんあい》になってしまう

らしい。種の存続が懸《か》かってるからね。しょうがないね。

「あ〜暖ったか〜い♪　このジャンパーの持ち主の心の温かさみたいなの感じるよね〜。センパイみたいな心の冷たい人には必要ないよね〜」

「…………」

それ、俺のジャンパーなんだけど……。

このコンビニで冬期のウォークイン作業みたいな損な役回りを押し付けられるのは、だいたい俺だ。いや言わないけどね。言ったらなんか殺されそうな気がするし……。

そう思っていると、咲姉《さくねえ》さんがあっさりと言った。

「それ、その愚弟《ぐてい》のジャンパーよ」

「あ、ちょ……っ」

ああっ！

米良《めら》さんが顔を真っ赤にしてブルブル震《ふる》えている。やばい、これは羞恥《しゅうち》の極《きわ》み。正直、俺が米良《めら》さんの立場だったら軽く死にたくなるレベル。

「〜〜〜〜っ!!」

「と、とにかくウォークイン作業さっさと終わらせようか！」

俺は急いでドアを開け、極寒地獄《ごっかんじごく》へ突入《とつにゅう》した。

♣
♣
♣

ウォークインの構造。

巨大冷蔵庫の内部に、ドリンク専用の棚《たな》がある。そこから商品を取ると、ローラーが転がって次の商品を前列に押し出すシステムだ。昔、咲姉《さくねえ》さんが「ロケットペンシルと一緒《いっしょ》よ」って言ってたけど、残念ながら俺にはわからなかった。とにかく現代を生きる日本人なら、必ず見たことがあるだろう。

その補充《ほじゅう》の仕方も、ものすごくシンプルだ。同じ商品を列の後ろに置くと、ローラーが回って傾斜《けいしゃ》のある棚《たな》を転がしていってくれるのだ。おしまい。

そして米良《めら》さんは、そのロケットペンシル構造の補充《ほじゅう》を初めて体験したわけだが……。

「よっ。ほっ」

米良《めら》さんが缶《かん》コーヒーを置くと、コロコロとローラーで運ばれていく。最後尾《さいこうび》に到達《とうたつ》すると、カチャンと音を立てて止まった。

「おお～……」

ちょっと面白《おもしろ》くなっちゃった米良《めら》さんが、目を輝《かがや》かせながら振《ふ》り返《かえ》る。

「センパイ。どっちが速く流せるか勝負しない？」

「しないよ。これ商品だから……」

無邪気《むじゃき》か。

商品をぶつけるなんて論外だ。下手に凹《へこ》ませたりしたら値下げしなくちゃいけないし、俺が咲姉《さくねえ》さんにどやされてしま……あ、もしかしてそれ狙《ねら》ってんなコイツ？？？

やれやれ、と思いながら缶《かん》ビールを補充《ほじゅう》する。こんなに寒いのに、ビール飲みはキンキンに冷えたのを好むらしい。未成年にはよくわからない感覚だ。

……てか、マジで寒いな。

俺がブルブル震《ふる》えていると、それを見た米良《めら》さんがにんまりと笑う。そしてこれ見よがしにジャンパーを見せびらかしてきた。

「これどう思う～？　センパイのジャンパーが、センパイ以外の人間を温めてるのを見るお気持ちは～？」

「…………」

く、悔《くや》しい！　……とは、ならないんじゃないかなあ。

ジャンパーが俺の私物だと知って、即座《そくざ》にマウントの方向性を変えてきた。それが効果的かどうかは知らないけど、たくましいなあ。

てかマジで寒い。早く終わらせてウォークインを出ないと死ねる……。

俺が無心になってドリンクの補充《ほじゅう》作業をしていると、隣《となり》で米良《めら》さんが両手をシャカシャカ擦《こす》り合《あ》わせながら白い息を吐《は》く。

「ねえ、センパイってカノジョさんと別れたんでしょ？」

「え？　ああ、まあ……」

もしかして作業に飽《あ》きたのか？

……でも、その会話のチョイスは勘弁《かんべん》してほしい。

「その割に、なんか普通《ふつう》だよね」

「そう見える？」

「見える」

「どうだろうな……」

俺が普通《ふつう》に見えるのは、たぶん城山《しろやま》さんのおかげだ。

本当ならメンタル弱ってダウってるかもしれないけど、彼女がやって来たおかげで無理にでも日常に戻《もど》らなくてはならなくなった。

だから、いまは無理やり普通《ふつう》っぽくなってるだけのはずだ。

「本当に好きだったの？」

「えっ……」

米良《めら》さんが何気ない様子で言う。

それこそ「本当に宿題やってないの？」みたいに窘《たしな》める感じで。

「普通《ふつう》はさ。好きな人と別れてすぐ、こうやってバイトできなくない？」

「そうなのかな」

「そうでしょ。わた……わたしの友だちがフラれた日とか、めっちゃ泣いてたもん」

「え？　友だち？」

妙《みょう》にぎこちない言い方だった。まるでうっかり吐《は》き出《だ》してしまった失言を取《と》り繕《つくろ》うような感じだ。

あ。そういえば自分の気まずい話をするとき、そういう言い方をするって聞いたことあるな。

日葵《ひまり》や榎本《えのもと》さん相手にそんな複雑な駆《か》け引《ひ》きしたことないからすぐわからなかった。

「それ、もしかして友だちの話じゃなくて……ぐふっ！」

即座《そくざ》にジャンパーの袖《そで》で顔を叩《たた》かれた。

米良《めら》さんが顔を真っ赤にして、ジャンパーの袖《そで》でバッシバッシ俺を連打する。

「なんでそういうこと言っちゃうかなあ⁉」

「ゴメン……」

いや、いまのは俺が悪かった。

中学時代から日葵《ひまり》に鍛《きた》えられてたつもりだったけど、やっぱり俺ってここぞのコミュ力弱いよなあ。問題はどうすれば解決できるかマジでわかんないところ。

しかし、そうか……。

「好きだったか、どうか……」

つい考え込んでしまう。

俺は日葵《ひまり》のことが、好きだったのか？

好きだった。

それは間違《まちが》いない。

でもそれは本当に、米良《めら》さんが件《くだん》の上級生に向けてた好意と同じものだったのか？

同じように「好き」と言っても、その意味は全然違《ちが》ったりする。

日葵《ひまり》と親友の頃《ころ》から、ずっと好きだと言われてきたけど……その意味はいつの間にか変わっていたように。

……以前、真木島《まきしま》に痛いところを突《つ》かれた記憶《きおく》がよみがえる。

『親友を求められたから親友を演じ、恋《こい》を求められたから恋《こい》で応じただけのこと』

夏休み。

日葵《ひまり》が紅葉《くれは》さんに連れられて、東京に行こうとしていたとき。真木島《まきしま》は俺を焚《た》き付《つ》けるために、そんな挑発《ちょうはつ》をした。

あのとき、俺は真木島《まきしま》の言葉を否定した。

でも現状はどうだ？

あいつの言ったことは核心《かくしん》を突《つ》いていて、ただの現実になっている。

日葵《ひまり》の恋《こい》と、俺の恋《こい》は食《く》い違《ちが》っていたことが露呈《ろてい》した。

これまでうまくやれてたのは、俺が日葵《ひまり》の気持ちに合わせていたからだと証明された。

本当に好きだった人と別れたのなら、もっと沈《しず》んでいていいものなのに。それこそ男だからって泣きはらしちゃいけないってこともない。

でも俺は……眠《ねむ》れなかったけど、それでも泣いたりはしなかった。

恋人《こいびと》と別れたときの普通《ふつう》って何だ？

普通《ふつう》はどうやって、この気持ちを供養《くよう》すればいいんだ？

「あのさ、センパイ……」

「え？」

我に返ると、米良《めら》さんが作業を続けながらブルブル震《ふる》えていた。

「そんなに真剣《しんけん》に考え込むような話題じゃなくない……？」

「あ、ゴメン……」

そういえば、いまはウォークイン作業中だ。

俺の気持ちについて考えるのはここを出てからでいい。こんなところで思考に集中していたら、普通《ふつう》に死んじゃうな……。

俺も作業を再開した。

「…………」

「…………」

しばらく無言だった。

とにかく早く終わらせて、この極寒地獄《ごっかんじごく》を脱出《だっしゅつ》しなくては……と、それだけに集中して作業を進めていく。

でも慣れた作業は、思考を寄り道させる。

手は動かしながらも、頭の片隅《かたすみ》ではさっきの話題が鎌首《かまくび》をもたげるように過《よぎ》っていた。

つい油断して、疑問に思ったことを、つい口にしてしまった。

「米良《めら》さんは例の部活の先輩《せんぱい》のこと、どうやって吹《ふ》っ切《き》れたの？」

「……っ！」

本当に何気ない質問……のつもりだった。

あるいはさっき、「本当に好きだったの？」なんて言われたから無意識に意趣返《いしゅがえ》ししてしまったのかもしれない。いつも日葵《ひまり》にやってたみたいに。

そんなに深刻なことにはならないだろうと高を括《くく》っていたのが間違《まちが》いだった。どうせ「あー時間が経《た》って自然に……」みたいな返答だろうと決めつけていたのだ。

米良《めら》さんは、目を見開いて俺を見つめていた。

その瞳《ひとみ》が、ゆっくりと潤《うる》んでいく様子を目《ま》の当《あ》たりにしてしまった。

――あ、いまのはミスった。

俺が失敗を悟《さと》ったときには、すでに米良《めら》さんが動いていた。

棚《たな》に補充《ほじゅう》しようとした缶《かん》コーヒーを振《ふ》り上《あ》げて、俺に向かって投げたのだ。

それは彼女の手をすっぽ抜《ぬ》け、俺を大きく外れて後ろへと飛んだ。

ガチャン、と音を立てて壁《かべ》にぶつかる。

「…………」

「…………」

そして米良《めら》さんは、涙《なみだ》ぐんだまま俺を睨《にら》んで震《ふる》えながら――何も言わずにウォークインを飛び出していった。

残された俺は、盛大《せいだい》に凹《へこ》んだ缶《かん》コーヒーを拾ってうなだれる。

……傷は、必ず癒《い》えるとは限らない。

そして、その傷を作った原因は――俺のアクセだ。

おまえにだけは絶対に言われたくない、って思ったろうな。たとえ俺のアクセはただのきっかけで、それがなくても米良《めら》さんがフラれていたとしても……それでも納得《なっとく》できないというのはわかる。もし逆の立場なら、俺だって同じように缶《かん》コーヒーぶん投げてたと思う。

そして、それを想像できなかった俺がマジでやばい。

「……俺、ここまでコミュ障か」

なんで学ばないかなあ。

日葵《ひまり》や榎本《えのもと》さんが柔軟性《じゅうなんせい》高すぎて、その機会を失ってたのかもしれない。日葵《ひまり》なら怖《こわ》い笑《え》顔《がお》で圧かけながら正すだろうし、榎本《えのもと》さんなら問答無用のアイアンクローで制裁だ。

するとウォークインのドアが、向こうから開いた。

米良《めら》さんが戻《もど》って……そんなわけないか。城山《しろやま》さんがオドオドした様子で顔を出した。

「悠宇《ゆう》センパイ。何かあったんスか？」

「あー……」

俺は立ち上がると、ウォークインを出た。

こんな騒動《そうどう》があっても、咲姉《さくねえ》さんは平然と発注作業を続けている。まったく肝《きも》が据《す》わったお姉様だ。

その訝《いぶか》しげな視線に、俺は言った。

「咲姉《さくねえ》さん、ゴメン。今度こそ米良《めら》さん辞《や》めちゃったかも……」

「…………」

咲姉《さくねえ》さんがタブレットを置いた。

そしてにこーっといい笑顔《えがお》になると、両手の指をポキポキ鳴らしながら迫《せま》る。

「あんた。まさか密室だからって女の子に悪いことしようとしたんじゃないでしょうねぇえ???」

「ねえ、さすがにそれはないんじゃないの? どんだけ俺のこと信用してないの???」

ここウォークインだよ?

十人中百人くらいはさっさと仕事終わらせて極寒地獄《ごっかんじごく》から出たいでしょ。

「いや、なんか日葵《ひまり》と別れた話になって……それで米良《めら》さんの地雷踏《じらいふ》んだっていうか……」

「…………」

咲姉《さくねえ》さんはじっと俺を見ていたけど……やがて大きなため息をついて、タブレットを持ち直した。

「もういいわ。あの子がほんとに辞《や》めたら、その分あんたが働きなさい」

「……うす」

とりあえず作業を終えて、俺と城山《しろやま》さんは家のほうに戻《もど》った。

米良《めら》さんの荷物はなくなっていたから……たぶん、明日からは来ないだろうな。

♠♠♠

夕刻。

オレ――真木島慎司《まきしましんじ》は近くのレジャープール施設《しせつ》から帰った。

真冬に温水プールで運動三昧《ざんまい》も乙《おつ》なものだ。この時期のトレーニングは身体《からだ》を酷使《こくし》するから、こういう運動でマメに負担を軽くしてやらねばならんな。

温水の流れるプールに、深めの50ｍレーン。あそこを泳ぎまくっているだけでも、かなりのトレーニング効果が期待できる。その上、施設《しせつ》の最上階には銭湯があり、サウナでじっくり身体《からだ》を休めることも可能だ。リーズナブルな焼肉食べ放題の店も併設《へいせつ》され、身体《からだ》づくりには最適なスポットと言える。

何よりあそこは、規模がでかい割にトレーニングを邪魔《じゃま》する存在がいない。時間帯によっては貸し切り状態と言っていい。客より監視員《かんしいん》のほうが多いのは本当にどうかしている。オレの親父《おやじ》たちの時代はそれなりに賑《にぎ》わっていたらしいが、今やあそこを利用するのは健康マニアのジジババだけだ。

そんな夕刻。オレは自由気ままなトレーニングを完了《かんりょう》して大満足だ。

――オレは、整った。

一人でどや顔を決めていると、何やら陰鬱《いんうつ》な視線を感じた。

「……リンちゃん。ひとん家《ち》の前で、何を不機嫌《ふきげん》なオーラをばらまいておる？」

うちの母屋《おもや》の前で、私服姿のリンちゃんが待ち構えていた。

……この女、最近は特に情緒《じょうちょ》不安定だな。いや、まあ、オレがそうなるように仕向けたわけでもあるのだが。

「わざわざどうした？　ケーキの売れ残りでも持ってきたのか？」

「………………」

するとリンちゃんが、ゆっくり近づいてくる。

その右手がアイアンクローの形になり、オレを捕《と》らえようとした。

「おおっと、そうはさせん」

「っ！」

オレはその手首を容易《たやす》く摑《つか》んだ。

逆にリンちゃんを逃《に》がさないように、そのまま家の壁《かべ》に追いやる。

「いつものキレがないなァ。そういうときは、決まってメンタルが弱っている。何があった？」

「………」

リンちゃんがぷすーっとふくれっ面《つら》で言う。

「ひーちゃんが、ゆーくんと別れたって」

「はあ？」

日葵《ひまり》ちゃんがナツと別れた？

話によると、昨日、日葵《ひまり》ちゃんから謎《なぞ》のメッセージが入ったらしい。その真偽《しんぎ》を確かめにナツの家に行ったところ、城山芽依《しろやまめい》という中学生に遭遇《そうぐう》。かくかくしかじかで、二人が別れたことを知った……と。

オレが「ふむ……」と考えていると、リンちゃんがじとっとした視線を向ける。

「どうせしーくんが何かやったんでしょ？」

「……日葵《ひまり》ちゃんもその傾向《けいこう》があるが、何か嫌《いや》なことがあると真っ先にオレのせいにするのはどうなのだ？」

まあ、自業自得《じごうじとく》なのは自覚しておるがな。

とはいえ、その疑問に関しては返答を渋《しぶ》ることはない。

「オレは何もやっていない」

「嘘《うそ》。全然、驚《おどろ》いてないじゃん」

「そりゃそうだろう。オレは何もやっていないが、こうなることは容易に予想できておったからな」

「えっ……」

リンちゃんがぽかんとする。

オレはコートから扇子《せんす》を取り出すと、それでリンちゃんの前髪《まえがみ》をパタパタ扇《あお》いでやった。

「ちよ、風が冷たい。やめて」

「ナハハ。あの二人は、元から恋愛《れんあい》に対する姿勢が世間とズレていた。となれば、オレが手を下さずとも自滅《じめつ》するのは当然だ」

「恋愛《れんあい》に対する姿勢……？」

リンちゃんは不思議そうに考え込む。

……まあ、しょうがない。現状、リンちゃんもあの二人と似たようなものだ。だからこそ傍《はた》で見物するのが楽しいのだが。珍獣《ちんじゅう》を見ている感じでな。

「あの二人にとって恋愛《れんあい》とは、手段であって目的ではないのだよ」

「恋愛《れんあい》が手段？」

さらに疑問は深まった様子だ。

まあリンちゃんは勉強ができるが、頭の柔軟性《じゅうなんせい》はイマイチだからなァ。

「日葵《ひまり》ちゃんにとって『ナツが好き』という感情は、ナツの独占権《どくせんけん》を獲得《かくとく》するための方便でしかないのだ。世間的に恋愛《れんあい》とは、他人を独占《どくせん》する最強の殺し文句だからな」

「ゆーくんと一緒《いっしょ》にいたいなら恋人《こいびと》になるしかなかったってこと？　それなら別に友だちでもいいじゃん……」

「一緒《いっしょ》にいたい、ではない。独占《どくせん》する、だ」

「違《ちが》いがわかんないんだけど」

「想像してみろ。たとえば友だちと遊ぶ約束をしていても、恋人《こいびと》が会いたいと言えば、友だちの予定はキャンセルするものであろう？　それがどんな些細《ささい》な理由であってもな」

「あっ……」

リンちゃんは得心がいった様子だ。

身に覚えがあるはずだ。リンちゃんも一学期からこっち、ナツとの時間を優先して吹奏楽部《すいそうがく》や実家の洋菓子《ようがし》店の予定をすっぽかしまくっておったからな。

吹奏楽《すいそうがく》部の連中や雅子《まさこ》さんの器《うつわ》がでかいからスルーされているだけで、そうでなかったら今《いま》頃《ごろ》ひと悶着《もんちゃく》あっていいぞ。

「日葵《ひまり》ちゃんは、ナツを独占《どくせん》したかった。誰《だれ》よりも自分を優先するような関係になりたかった。だが、それは親友では達成できそうにない。リンちゃんが現れたからな。だから恋愛《れんあい》にコロッと鞍替《くらが》えしただけだ。ゆえに日葵《ひまり》ちゃんにとって『ナツが好き』という感情は、目的ではなく手段だったのだよ」

「……ゆーくんは？」

オレは肩《かた》をすくめる。

「日葵《ひまり》ちゃんのヒステリーが収まりそうになかったから、それを鎮圧《ちんあつ》するために恋愛《れんあい》パートナーという餌《えさ》を与《あた》えることで防衛しただけだ。無意識的なものであったから、本人としては本気で恋愛《れんあい》している気でおったのかもしれんがな。ほら、よくネットのなんちゃって恋愛《れんあい》工学で取《と》り沙汰《ざた》されるアレがあるだろう。恐怖《きょうふ》を恋愛《れんあい》感情にすり替《か》える防衛本能」

「吊《つ》り橋《ばし》理論ね。しーくん覚えてないの……?」

「バカにしておるのか。今更《いまさら》、正式名称《めいしょう》でどや顔決めるのも恥《は》ずかしいだけだ」

まったく、これだから風流のわからん脳筋ちゃんは困る。

「ま、本人たちが納得《なっとく》して別れたのならよいではないか。他人の恋路《こいじ》にアレコレ口を挟《はさ》むのは、一般《いっぱん》的には美徳に反するのであろう?」

「……でも、しーくんだって余計なことしてるじゃん」

「はあ?　オレがあの二人に何をした?」

「だって、文化祭のときに変なこと言い出すし……」

文化祭?

……ははあ。アレのことか。

『3つの条件』

ナツが文化祭で展示会をするとき、オレが提示した特別ルール。

リンちゃんを強引《ごういん》に展示会に紛《まぎ》れ込ませる計画。結果として、あの展示会は日葵《ひまり》ちゃんにとって面白《おもしろ》い化学反応を起こした。

それをリンちゃんは、この『ナツと日葵《ひまり》ちゃんが別れた』状態を引き起こしたと思っておるのだろう。

……が。

「何か勘違《かんちが》いをしておらんか？　アレに関して、ナツと日葵《ひまり》ちゃんにはむしろ感謝してほしいくらいだ。あの一件がなければ、あの二人は、二か月は早く別れておったぞ。むしろ夏休み明けには別れておったかもな。所詮《しょせん》は真夏の陽気に当てられて誕生した即席《そくせき》カップルだ。冷めるのも早い。賭《か》けてもいい」

「……どういうこと？」

「あの『3つの条件』で、二人の意識を恋愛《れんあい》からアクセに向けてやったからな。とりあえず共通目標があれば、恋愛《れんあい》が原因で喧嘩《けんか》することはあるまい。その証拠《しょうこ》に、文化祭が終わって二か月も経《た》たないうちにこのザマだ」

オレの言葉が予想外と言いたげだ。

リンちゃんが不思議そうに聞いてくる。

「じゃあ、あれは何のために……？」

あの『3つの条件』。

ナツと日葵《ひまり》ちゃんを破局させるための策略でないとしたら……その先の回答に行きつき、リンちゃんがハッとする。

そのリアクションに、オレは大満足だった。

にやーっと口角を上げ、その耳元で囁《ささや》く。

「ようやく気づいたか。オレが狙《ねら》っていたのは……リンちゃんのほうだよ」

オレがあの『3つの条件』で目標としていたもの。

それはリンちゃんがナツから離《はな》れる、という選択《せんたく》を封《ふう》じることだ。

「夏休みの東京旅行で、リンちゃんがナツへの恋心《こいごころ》を放棄《ほうき》して帰ってきたときは驚《おどろ》いたものだ。てっきり当然の進展があって然《しか》るべきと踏《ふ》んでおったからな。その点、オレもまだまだ読みが甘かった」

オレのような男には、こいつらのようなピュアピュア連中の心は読み切れない。

それを痛感したのと同時に、計画を修正するべく提示したのが『3つの条件』だ。

日葵《ひまり》ちゃんプロデュースのアクセ販売会《はんばいかい》。

あれがうまくいくビジョンなど、悪いが最初から存在しなかった。あの女にクリエイティブなセンスが存在しないことは、傍《はた》から見ても明白だったからな。

となれば、お節介《せっかい》気質のリンちゃんだ。

失敗に向かう展示会を傍《そば》で見せつけられて、手助けしようとしないわけがない。

夏休みの東京旅行。

リンちゃんは紅葉《くれは》さんによって、ナツがアクセの個展に参加する様子を間近で見せつけられた。そこで植え付けられた情熱の火種は、ここで見事に火柱になるというわけだ。

そしてナツと共に展示会を成功へと導いた情熱は——以前より激しい感情を伴《ともな》って恋心《こいごころ》を再熱させる。案の定、クリスマスはリンちゃんにとって大きな転機となったようだ。

「そろそろ、ナツのことが好きで好きで我慢《がまん》ならなくなってきた頃《ころ》であろう？　親友という言い訳では、自分を誤魔化《ごまか》せなくなってきたはずだ」

「わ、わたしは別に……」

「嘘《うそ》だな。ならば、なぜナツと日葵《ひまり》ちゃんが別れた、というだけでこんなに動揺《どうよう》しておる？」

「ゆーくんの親友として、二人の幸せを……」

「ナハハ。それは親友ではなく、お節介《せっかい》な仲人《なこうど》だ。親戚《しんせき》のおばさんにでもなるつもりか？　本当に親友を気取るなら『もっといい女が見つかるさドンマイ』が正しいはずであろう？」

苦しい言い訳も、むしろ本心を露呈《ろてい》させているだけだ。

「いい加減、認めろ。貴様は、ナツのことが好きなのだよ。リンちゃんの失敗は、勝ちの目がないと悟《さと》った時点でナツと距離《きょり》を置かなかったことだ。中途《ちゅうと》半端《はんぱ》に一緒《いっしょ》にいる道を選んだことで、より地獄《じごく》を見る結果になってしまったなァ？」

「わ、わたしの味方はもうしないって言ったじゃん」

「そうだ。味方しておるわけではない。これはオレの趣味《しゅみ》だよ。前に言ったろう？　貴様らの青春は、もはやオレの娯楽《ごらく》だ。このまま『親友として頑張《がんば》るぞ！』なんてつまらん退場なんか許すと思うか？」

最高にハッピーな悪役気分でリンちゃんをいじめていると……油断した隙《すき》に、その左手がオレの頭を捕《と》らえていた。

あ、しまった。

「……悪趣味《あくしゅみ》！」

「んがあああああああああっ⁉」

怨念《おんねん》の籠《こ》もったアイアンクローを喰《く》らい、オレはその場に沈《しず》む。

両手で頭を抱《かか》えて呻《うめ》くオレに対し、リンちゃんが忌々《いまいま》しそうに尻を蹴《け》とばしていった。くそ、普通《ふつう》、幼馴染《おさななじみ》を足蹴《あしげ》にするか？　おばさんに言って、プロレスＤＶＤを没収《ぼっしゅう》してもらわなければならんな……。

オレはようやく立ち上がって、はあっとため息をつく。

「……好きな男を、親友面《づら》して束縛《そくばく》する女のほうがよほど悪趣味《あくしゅみ》だと思うがなァ」

もしや本当に気づいておらんのか？

いまのリンちゃんが目指していることは、以前の日葵《ひまり》ちゃんと同じことだ。親友という言い訳で、好きな男をつかず離《はな》れずキープしようという試み。それは日葵《ひまり》ちゃんがたどった軌跡《きせき》をなぞっているだけで、この先の結果などとうに見えておるのになァ。なぜ自分はうまくやれると思っているのか……。

「ったく、大人しく素直《すなお》になればいいものを。そんなんだから、日葵《ひまり》ちゃんにいいところばっかり掠《かす》め取《と》られる貧乏《びんぼう》くじのいい子ちゃんなのだよ」

頑固《がんこ》な幼《おさな》馴染《じみ》を持つと苦労する。

「しかし……」

オレはうーむと考えた。

聞いた状況《じょうきょう》から察するに、その城山芽依《しろやまめい》という中学生の女……ナツの家に厄介《やっかい》になってるようだが、それはいいのだろうか？　あの調子だと、日葵《ひまり》ちゃんの別れ話のせいで忘れておるな。

……まあ、せっかく日葵《ひまり》ちゃんの別れ話がいい影響《えいきょう》を与《あた》えておるのだ。ここで下手に突《つつ》いて荒立《あらだ》てることもあるまい。

とりあえず、オレは一足先に冬休みの宿題でも終わらせるとするか。

Ⅳ

Turning Point.〝師〟

その夜。

引き続き、城山《しろやま》さんと銀粘土《ぎんねんど》によるリング試作を続ける。

……でも妙《みょう》に乗り切れずに、俺はぼんやりとしていた。

「悠《ゆ》宇《う》センパイ！　溶《と》けてるッス！」

「え？　……ああ、ごめん！」

俺は手元のカセットコンロから、慌《あわ》てて網《あみ》を上げた。その上で焼成《しょうせい》していたリングが、溶《と》けてこびりついてしまっている。

……どうやら火に近づけすぎてしまったらしい。

「ごめん。ちょっと休憩《きゅうけい》しよう」

「悠宇《ゆう》センパイ、大丈夫《だいじょうぶ》ッスか？」

城山《しろやま》さんが心配してくれる。

俺は笑ってみせたけど、どうにもぎこちなかった。

「ちょっと今日のバイトで疲《つか》れちゃったみたいだ」

「……あの人と、何があったんスか？」

あの人……米良《めら》さんのことだろう。

俺は少し考えて、城山《しろやま》さんなら問題ないだろうと判断した。

「一学期に、うちの学校でアクセのオーダーメイドを受けたことがあるんだ。米良《めら》さんはそのときのクライアントの一人で、そのアクセに願掛《がんか》けをしてたんだよ」

「願掛《がんか》け？」

「えっと……俺たちの同級生に、アクセ販売《はんばい》を助けてくれる女子がいてさ。その子たちが俺のアクセを『絶対に恋《こい》が叶《かな》うアクセ』って宣伝してくれたんだ。それで好きな先輩《せんぱい》に告白したんだけど……フラれたらしい」

「なるほどッス……」

城山《しろやま》さんは神妙《しんみょう》な顔で考えて……。

「八つ当たりッスよ。そんなの信じるほうが馬鹿だと思います」

「……榎本《えのもと》さんもそう言ってた」

その徹底《てってい》したスタンスに、俺は苦笑《くしょう》した。

「でも、俺のアクセが背中を押したのは事実だ。たかがきっかけでも、その気持ちをお金に換《か》えた事実は受け止めなきゃいけないと思う」

城山《しろやま》さんは首をかしげた。

「でもそれが本心なら、悠宇《ゆう》センパイもなんであんなに喧嘩《けんか》腰《ごし》なんスか？　らしくないッス」

「あー……」

俺はあの日、グレープジュースの海に沈《しず》んだクロッカスの花を思い出した。

「そのあと、俺の目の前でアクセ壊《こわ》されちゃったんだよね……」

「…………」

城山《しろやま》さんがドン引きしていた。

「高校生って、もっと頭いいと思ってたんスけど……」

「そんなことないよ。俺と比べても、城山《しろやま》さんのほうがよほど大人だと思う」

昼間の米良《めら》さんとの攻防《こうぼう》を思い出して、俺は自己嫌悪を覚える。

「まあ、でもあのときはさすがにショックだったよ。そういう意味じゃ、今日のやらかしもお互《たが》い様……ってなるかな。無理か」

「…………」

城山《しろやま》さんは躊躇《ためら》いがちに励《はげ》ましてくれる。

「悠宇《ゆう》センパイは大人だと思うッス。あたしだったら、そんなことされたら絶対に許せないと思います」

「……そう言ってくれると嬉《うれ》しいよ」

しばらく静かな時間が流れた。

カセットコンロにかけた銀粘土《ぎんねんど》のリングが、少しずつ焼成《しょうせい》されていく。いい塩梅《あんばい》になったら、それをトングで上げて用意していた水に落とした。

ジュッと冷えて、触《さわ》ってもよい温度になる。

銀粘土《ぎんねんど》のリングをブラシで磨《みが》いていった。

表面を少しだけ削《そ》ぐようなイメージだ。するとキラキラとした銀色の輝《かがや》きが顔を出した。それを少しずつ、丁寧《ていねい》に仕上げていく。

やがて銀粘土《ぎんねんど》のシルバーリングが完成した。

それを二人で点検し、出来を確認《かくにん》する。不思議なもので、元は粘土《ねんど》なのに見た目だけなら完全にシルバーリングだ。軽くグラスに当てると、キンキンと金属音がした。

「昨日よりさらにいい感じだと思うよ」

「ありがとうございます！」

城山《しろやま》さんは嬉《うれ》しそうに、そのシルバーリングを指にはめてみた。

（もういい時間だな。明日のバイトもあるし、切り上げるか……）

カセットコンロなどの片付けをしていると、ふと城山《しろやま》さんが言った。

「悠宇《ゆう》センパイは、高校行ってよかったたって思いますか？」

「え？」

唐突《とうとつ》な問いに、俺は聞き返した。

「どういうこと？」

「だって高校行かなきゃ、そんな酷《ひど》いことされないじゃないッスか」

そんな酷《ひど》いこと……おそらく米良《めら》さんの一件を指しているのだろう。

確かにあのときは、ものすごく参った。あれからアクセの回収騒《さわ》ぎになって、笹木《ささき》先生にも呼び出されて、教頭先生には睨《にら》まれるし。

俺たちの活動を快く思わない生徒から、未《いま》だに嫌《いや》な視線を受けることもある。完全に俺たちが被害者《ひがいしゃ》ってわけじゃないし、そもそも俺たちの主張をまともに聞いてくれる生徒のほうが少ない。

「……まあ、正直、嫌《いや》な経験のほうが多いかもね。父さんが言ってたように、俺は中学を出てすぐに働きたかった。そのほうが、嫌《いや》な思いをすることは少なかったかもしれない」

「じゃあ、日葵《ひまり》センパイのためッスか？」

「それもあるけど……」

俺は少し言葉を考えた。

昨日、父さんが思い出話をするときに、城山《しろやま》さんはやけに食いついていた。なんとなく、彼女が高校進学について思うところがあるのは察している。あるいはそれが、この家出の原因なのかもしれない。

「城山《しろやま》さん。嫌《いや》だったら答えなくていいんだけど……もしかして、お姉さんと喧嘩《けんか》したのって？」

「…………」

城山《しろやま》さんはうなずいた。

「文化祭のときに言ったかもなんスけど、あたし、学校があんまり楽しくなくて……」

それは少し聞いていた。

城山《しろやま》さんが「ウジウジしてるから、話しててイラっとしちゃうんスかね」と自虐《じぎゃく》っぽく語っていたのが、どうにも他人事《ひとごと》には思えなかったのを覚えている。……俺も日葵《ひまり》に出会うまでは、似た境遇《きょうぐう》だったから。

「お姉《ねえ》に言われて高校の推薦《すいせん》は取ったけど、あんまり行きたくないッス。また同じような三年間が待ってると思うと、すごく、その……」

「うん。わかってる」

いままで、必死に生きてきたんだ。

それがようやく終わろうというのに、また同じような日々が続くと思うと……俺も中学のとき、まったく同じ気持ちだった。

城山《しろやま》さんはうなずくと、弱々しい笑《え》みをこぼした。

「だから、中学卒業したら、お姉《ねえ》の店を手伝いたいって言ったんス。そしたらお姉《ねえ》が反対して、そのせいで喧嘩《けんか》して、あたしも酷《ひど》いこと言っちゃったッス……」

「……なるほど」

あまりに身に覚えがありすぎる。

そういえば俺も中学のとき、似たようなことを母さんと言い合った。見かねた父さんが、文化祭のアクセ販売会《はんばいかい》で完売できたら……なんて条件を出したんだよな。なんか城山《しろやま》さんの相談を受けていると、過去の黒歴史が襲《おそ》ってきて恥《は》ずかしい……。

と、その前に。

（……何と言うべきか）

不思議なものだった。

中学の頃《ころ》は間違《まち》いなく城山《しろやま》さんと同じことを考えていたはずなのに、こうやって視点が変わると意見が逆転するのは皮肉だった。

（俺はいま、城山《しろやま》さんに高校に行ってほしいと思っている）

年上としての義務もあるかもしれない。

きっとあの頃《ころ》の両親や咲姉《さくねえ》さんも、こんな気持ちだったのかもしれない。

城山《しろやま》さんの選択《せんたく》を、応援《おうえん》したい気持ちはあるんだ。

高校に行かず、アクセで頑張《がんば》って大成できるかもしれない。世界には、そうやって名を上げるアーティストやクリエイターが多くいるのは確かだ。

でも同時に「もったいない」と思う気持ちもある。

このまま城山《しろやま》さんが、学校を嫌《いや》なものだと思い込んだまま大人になることを、心苦しく思っている自分がいる。何か世界が開けるような可能性を信じたい。もしかしたら、城山《しろやま》さんの人生にとって大きな転機になるような出会いがあるかもしれない。

でも、それを無理に強《し》いることはできない。

だって城山《しろやま》さんには、日葵《ひまり》がいない。

俺が高校を楽しいと思えるのは、日葵《ひまり》がいたからだ。

もし日葵《ひまり》がいないまま進学しても、きっとつらいことのほうが多くて、俺はすぐ高校を辞《や》めていただろう。

正直、高校に進学してアクセを続けるのはすげえしんどい。勉強もしないといけないし、委員会とかのやりたくない仕事で時間をとられるのマジできつい。こんなことして何になるのって思うことも多いし、こういう時間が将来、絶対に必要かはわからない。

高校に行かなければ──自分の理想のために日葵《ひまり》と別れるなんて選択《せんたく》をせずに済んだかもしれない。

それでも、俺は高校に行ったことを後悔《こうかい》はしていない。

米良《めら》さんの一件のようなことで傷つくこともあった。

アクセ回収騒《さわ》ぎのせいで、いまだに俺たちの活動に白い目を向ける生徒が多いのも事実。

それでも居心地《いごこち》の悪さを感じずに済んでいるのは、やっぱり日葵《ひまり》や榎本《えのもと》さん、そして俺の活動を応援《おうえん》してくれる人たちのおかげだ。

でも、そんな出会いが、城山《しろやま》さんに待っているとは断言できない。

軽々しく「俺たちもいる」なんて言えない。

俺たちは来年、もう三年生だ。城山《しろやま》さんが進学しても、一年間しか一緒《いっしょ》にはいられない。そもそも三年生と一年生が、ずっと一緒《いっしょ》に行動することは難しい。

師匠《ししょう》とか呼ばれても、こんなことすら答えをあげられないのがもどかしかった。

自分のことを認めてくれる女の子に報《むく》いられないのが悔《くや》しい。

でも、ここで苦し紛《まぎ》れに「俺が楽しい高校生活になるように頑張《がんば》るよ」なんてその場しのぎの言葉はあげられない。城山《しろやま》さんは賢《かしこ》い子だから。俺の浅はかな慰《なぐさ》めなんて一瞬《いっしゅん》で見抜《みぬ》いてしまうだろう。それは彼女の信頼《しんらい》に対する裏切りだ。

昨日は城山《しろやま》さんに救われたのに、俺はこんなにもダメダメだ。

「城山《しろやま》さん。俺は……」

と、俺が言葉に悩《なや》んでいると。

「アハハ。やっぱりこんなこと相談されても困るッスよね」

城山《しろやま》さんは誤魔化《ごまか》すように笑った。

「あ、いや……」

「いいんスよ。こうやって悠宇《ゆう》センパイのお家《うち》に置いてもらってるだけで、あたし助かってます」

俺は何も言えなかった。

また気を遣《つか》わせてしまった。本当なら、師匠《ししょう》として何か言うべきだったのに。

……いや。

こんなにも自分のことで手一杯《ていっぱい》の俺が、果たして本当に城山《しろやま》さんの師匠《ししょう》を名乗っていいのだろうか。

V

〝門出〟

その翌日。

朝はナース服の城山《しろやま》さんに起こされ、一緒《いっしょ》に朝食を摂《と》り……いや、コスプレ美少女に起こされるのに慣れつつある自分が恐《おそ》ろしいわ。

とりあえず確認《かくにん》しなきゃいけないことは……。

「城山《しろやま》さん。他には何を持ってきてるの？」

「えーっと……」

城山《しろやま》さんは、昨夜のアンニュイを引きずってはいなかった。内心はどうであれ、表面上は俺に心配を掛《か》けまいとしているんだろう。こういうところ、本当に俺よりも大人だ。

そんな彼女はもりもりご飯を食べながら、快活な笑《え》顔《がお》で答えた。

「バニ――」

「それは絶対にダメ。いい？　それ着たら追い出すから」

「食い気味で拒否《きょひ》られたッス……」

当たり前でしょ。

女子中学生をそんな格好で家に匿《かくま》ってたら、マジで事案だよ。世が世ならプリズン通《とお》り越《こ》して処刑台《しょけいだい》直行だよ。

で、ナース城山《しろやま》さんを連れて、コンビニへ向かった。

裏口からバックルームに入り、今日も夜勤明けの父さんに朝の挨拶《あいさつ》をする。

「父さん。おはよう」

「店長！　おはようございまッス！」

父さんが穏《おだ》やかに微笑《ほほえ》んだ。

「悠宇《ゆう》、おはよう。芽依《めい》ちゃんは……今日もすごいね」

「ありがとうございます！」

たぶん褒《ほ》められてはないと思うんだよなあ。言わないけど。

それから父さんと一緒《いっしょ》に缶《かん》コーヒーを飲みながら、年明けの準備について話をした。どうやらおせちの予約が好調らしく、母さんの機嫌《きげん》がいいらしい。うんうん。今年は平和に年を越《こ》せそうだ。

（そういえば、米良《めら》さんはどうしたかな……）

もうシフトの時間だけど、彼女は来ていない。

まあ、そうだろうな。昨日みたいなことがあったら、ブッチするのが普通《ふつう》だろう。

つまり今年の俺の年越《としこ》しは全然、平和ではなくなったということだ。具体的に言うと、咲姉《さくねえ》さん怒《いか》りのフルシフト。自業自得《じごうじとく》だけど、めっちゃしんどい……。

父さんがパソコンで年明けまでの予定表を見せながら、俺に仕事を説明する。

「悠宇《ゆう》。明日は迎春《げいしゅん》の装飾《そうしょく》が来る予定だから、それを取り付けてね」

「わかった。いつも通りでいい？」

「うん。来年の干支《えと》は……」

そんな会話をしていると……。

「ども」

裏口のドアが開いて、気の抜《ぬ》けた挨拶《あいさつ》が聞こえた。

振《ふ》り返《かえ》ると……米良《めら》さんが不機嫌《ふきげん》そうな顔で立っている。

「あっ……」

予想外の登場に、俺はつい動揺《どうよう》してしまった。

米良《めら》さんは俺を一瞥《いちべつ》すると、フンと顔を逸《そ》らしてロッカーに荷物を置く。そして店長である父さんにぺこっと頭を下げる。

「おはざす」

「うん、おはよう。来てくれたんだね」

「……ママにどやされるんで」

「それでも助かるよ」

うちのエプロンを身に着けると、さっさと店内のほうへと行ってしまった。それを父さんは、ニコニコしながら見送っている。

「米良《めら》さん、来たんだ……」

「根は真面目な子なんだよ、きっと」

そう言って、俺を見て笑った。

「真面目だから、感情をうまくコントロールできないんだ。悠宇《ゆう》と同じようにね」

「ぐっ……」

ちくりと昨日のことを窘《たしな》められる。

父さんは監視《かんし》カメラに映る米良《めら》さんに視線を戻《もど》して、缶《かん》コーヒーに口をつけた。

「あの子も頭ではわかってるんだと思うよ。八つ当たりしてもしょうがないし、悠宇《ゆう》に悪意があったわけじゃないって。でもやっぱり、失敗した体験のほうがずっと頭に残っちゃうからね。それを笑い飛ばせるようになるためには、時間が必要だ」

それでも叱《しか》らないのは、やっぱり父さんらしい。

「でも昨日は、悠宇《ゆう》が悪い。だから、ちゃんと謝《あやま》るようにね」

「……うん」

しかし城山《しろやま》さんは、ちょっと納得《なっとく》いかないらしい。まあ、理由はどうあれ、この子はアクセを壊《こわ》すような人は許せないようだ。

両手をぐっと握《にぎ》って声を上げる。

「でも店長にもあんな態度はダメだと思います！」

父さんは朗《ほが》らかに笑った。

「城山《しろやま》さんは優《やさ》しいね。でもぼくは、あの子を見てると、母さんの若い頃《ころ》を思い出して懐《なつ》かしくなるなあ」

「ええ。母さん、あんな感じだったの？」

「そうだよ。うまくいかないことがあると、すぐ拗《す》ねる人だった。喜怒《きど》哀楽《あいらく》がはっきりしていて、ぼくは好きだね。それはまあ、いまも変わらないかもしれないけど」

「大人の意見だ……」

いや、性癖《せいへき》の間違《まちが》いかな。

もしかして俺がマゾマゾ言われるのって、父さん譲《ゆず》りなのかな？　え、マジでやだ……。

とにかく、俺は仕事に入るために店内に向かった。

米良《めら》さんはレジで煙草《たばこ》の補充《ほじゅう》をしている。大量の銘柄《めいがら》に悪戦苦闘《あくせんくとう》しながら、一つずつ丁寧《ていねい》に整理していた。

「米良《めら》さん」

すると米良《めら》さんが、こっちを向いた。

「昨日は、俺が悪かった。さすがに考えなしだったし、これからは気を付ける。本当にごめん」

俺は正直に告げて、頭を下げた。

その謝罪を受けた米良《めら》さんは……。

「さすがにナース服着せるのは変態すぎじゃね」

グサッ。

米良《めら》さんはしらーっとした態度で、俺の脇《わき》を通り過ぎていった。

「店長。外の掃除《そうじ》してきまーす」

「はいはい。よろしくね」

……バタン、と裏口のドアが閉まる音がする。残された俺は、城山《しろやま》さんから気の毒そうな視線を受けながら震《ふる》えていた。

俺、やっぱ米良《めら》さんとは仲良くできないかもしれない……。

いや、別に「許してくれるのが当然だ！」なんて思っちゃいないけどさ。

昨日のことは俺がデリカシーなさすぎだし、本心から申し訳ないと思ってる。罵倒《ばとう》の一つや二つくらいは覚悟《かくご》していた。

♣♣♣

そんなバックルーム。

休憩《きゅうけい》中、俺と城山《しろやま》さんが引き続き布地の扱《あつか》いについて話していると……米良《めら》さんがスマホをいじりながら言った。

「センパイ、甘いもの食べたい」

「あ、はい」

俺は新作のチョコ菓子《がし》を差し出した。

冬の風物詩イチゴ味のチョコと、クッキー生地《きじ》を重ねた王道中の王道。これが美味《おい》しくないわけがないって感じのパッケージだ。

何を隠《かく》そう、俺はコンビニの新作はマメにチェックしている。これは後で食べようと買っておいたものだ。時給がマイナスであると判明したいま、バイト中の唯一《ゆいいつ》の心のオアシスと言っても過言ではない。

涙《なみだ》を呑《の》みながら、それを米良《めら》さんに差し出した。

米良《めら》さんは、そんな俺の唯一《ゆいいつ》の希望を……。

「どもー♪」

ああっ！

雑な仕草でパックを開けると、ガーッと口の中に流し込んだ！

クレヨンしんちゃんかよってくらい頬《ほお》を膨《ふく》らませ、もしゃもしゃ咀嚼《そしゃく》する。この子、ギャルじゃなかったのか？　確かに美味《おい》しそうだけど、人前でそんな食べ方してプライドが許すのかな……。

とか思っていると、それを飲み込んだ米良《めら》さんが言う。

「あー、なんか普通《ふつう》？」

くう……っ！

なんて嫌《いや》がらせだ。俺に効くやり方を熟知しているとしか思えない。まさか咲姉《さくねえ》さんが絡《から》んでないよな？

城山《しろやま》さんが、心配そうに俺を見る。

「悠宇《ゆう》センパイ……」

「大丈夫《だいじょうぶ》だ」

彼女に心配をかけるわけにはいかない。

俺はこの難局を、絶対に乗《の》り越《こ》えてみせる！

……とか決意を込《こ》めていると、米良《めら》さんが言った。

「センパイ、のど渇《かわ》いた」

「あ、はい」

俺は店内に行くと、新作のキャラメルマキアートを買ってきた。今年の冬期限定で、ちょっといい豆をダークにローストしていらっしゃるそうだ。

それを差し出すと、米良《めら》さんはちゅーっと飲んで満足げにうなずいた。

「なんか期間限定のやつって、いつものと違《ちが》いわかんないよねー」

くう……っ！

いつものより三十円くらい高かったのに！

俺がぐぬぬ……ってなっていると、城山《しろやま》さんが心配そうに見てくる。

「悠《ゆう》宇センパイ……」

「大丈夫《だいじょうぶ》だ」

俺はやるときはやる男だぜ！

……とか決意を新たにしていると、米良《めら》さんが言った。

「センパイ、肩《かた》もんで」

「あ、はい」

召使《めしつかい》よろしく、お肩《かた》をマッサージする。

俺の隠《かく》れた特技は、実はマッサージだ。いつも咲姉《さくねえ》さんにやらされるから、自然とうまくなってしまった。その咲姉《さくねえ》さん曰《いわ》く「アクセいじってると手先も器用になるのかしらね」だそうだ。ほっとけ。

その俺の絶妙《ぜつみょう》なタッチに、米良《めら》さんがふにゃふにゃになりながら言った。

「まあまあかな～♪　センパイ、後輩《こうはい》にいいように扱《あつか》われる気分はどう～?」

「………」

うん。まあ……。

さっきから「悔《くや》しい！」みたいな小芝居《こしばい》してるけど、実はあんまり悔《くや》しくないんだよな。日葵《ひまり》が機嫌損《きげんそこ》ねたときに比べたら、全然マシっていうか。正直、これで溜飲《りゅういん》が下がるならかなり可愛《かわい》い部類だよね。むしろこれでどや顔してる米良《めら》さんが微笑《ほほえ》ましい。

ああ、懐《なつ》かしいな……。

半年前は日葵《ひまり》を怒《おこ》らせて、東京行くだの行かないだの、めっちゃ揉《も》めたもんなあ。なんかあの喧嘩《けんか》が、もう何十年も前のことのように感じる。

しかし俺より感受性が豊かな城山《しろやま》さんが黙《だま》っていなかった。〝you〟の一番弟子《でし》たる自負を持って、堂々と抗議《こうぎ》した。

「悠宇《ゆう》センパイに意地悪するのはやめてください！」

う。

米良《めら》さんに威圧《いあつ》されて、城山《しろやま》さんがすぐビビりモードでバックルームの隅《すみ》っこに隠《かく》れてしまう。

物理攻撃を加えられない距離《きょり》を保ちながら、今度は俺にエールを送ってきた。

「悠宇《ゆう》センパイ！　もっと頑張《がんば》ってください！」

「うーん。まあ、元はと言えば俺が悪いからなあ……」

「そんな召使《めしつかい》みたいに扱《あつか》われて、日葵《ひまり》センパイに顔向けできるんスか⁉」

うん、ごめんね。でもいまの俺は、きみが尊敬する日葵《ひまり》センパイが造り出したモンスターなんだよ……。オデ、ハヤク、コロシテ……。

いい気になった米良《めら》さんが、鼻歌交じりに言う。

「これからセンパイは、わたしの奴隷《どれい》なんで。もちろん学校でも。これ決定ね」

「さすがにそれは……」

「許してほしいんでしょ？」

「いや、そういうわけじゃなくて……」

俺は至極《しごく》、真面目な顔で言う。

「俺を奴隷《どれい》にして連れ歩くことで、きみにメリットあるの？」

「え……」

米良《めら》さんが難しい顔になった。

そして真剣《しんけん》な様子で「うーん……」と悩《なや》んだ挙句……。

「やっぱ奴隷《どれい》はいらない……」

「……っすね」

俺みたいなアクセ好きなことしか取《と》り柄《え》のない人間を奴隷《どれい》にしたところで、むしろ米良《めら》さんが恥《は》ずかしいだけだよね。友だちのギャルたちにめっちゃ揶揄《からか》われそう。……自分で言っておいてなんだけど、ちょっと切なくなってしまった。

と、城山《しろやま》さんのほうがぷくーっと頬《ほお》を膨《ふく》らませる。

「悠宇《ゆう》センパイ、もっと自信持ってください！　センパイは立派な奴隷《どれい》になれるッス！」

「それ、励《はげ》ましと受け取ればいいのかな……？」

キミいい奴隷《どれい》になれるよ、一緒《いっしょ》に世界のテッペン目指そーぜ！　なんて言われて運命感じちゃう人、いるのかなあ……。

そんなことを話していると、バックルームのドアが開いた。

咲姉《さくねえ》さんが顔を出すと、俺たちに言う。

「休憩《きゅうけい》終わり。商品の補充《ほじゅう》しなさい」

「はーい」

バタバタとお菓子《かし》やジュースを片付けて、店内のほうへと向かう。

さて、今日の補充《ほじゅう》。

もちろん、お菓子《かし》・カップ麺《めん》・ウォークインの三か所だが……。

米良《めら》さんが、めっちゃいい笑顔《えがお》で言った。

「センパイ。よろしくー♪」

「……うす」

拒否権《きょひけん》はない。まあ、いい。この仕事は慣れている。

俺は死地に赴《おもむ》く戦士の覚悟《かくご》で、ウォークインの前に掛《か》かったジャンパーを……。

「あれ？」

ジャンパーなくね？

あ、そういえば昨日……。

「米良《めら》さん。俺のジャンパーは？」

「……あっ！」

え？「あっ」って何？

なんでちょい青ざめた顔で、気まずそうにするの？

もしかして——と察するまでもなく、米良《めら》さんが口元を引きつらせながら言った。

「昨日、あのまま持って帰っちゃった……みたいな？」

予想通りの答えに、俺は泣きそうになった。

「今日、持ってきてないの……？」

「………」

米良《めら》さんが、いい笑顔《えがお》で両手を合わせた。

「センパイ、がんばっ！」

「いや騙《だま》されないから。さすがに奴隷《どれい》も激怒《げきおこ》りだよ？」

「だ、だって昨日センパイが変なこと言ったのが悪いんじゃん⁉」

「そりゃそうだけど、それでもやっちゃいけないことあるでしょ」

「昨日できたんだから、今日もできる！　ファイト！」

「マジで冬のウォークイン作業舐《な》めないでほしいな。これ本気の本気できついなんてレベルじゃないから。今日も二人でやろうか」

「やだやだ！　わたし絶対に嫌《いや》ーっ！」

俺たちが騒《さわ》いでいると——ふとレジのほうから強い瘴気《しょうき》を感じた。

「「……っ⁉」」

俺と米良《めら》さんが振《ふ》り返《かえ》った瞬間《しゅんかん》。

咲姉《さくねえ》さんの拳《こぶし》が、二発分のいい音を鳴らしたのだった。

ああ～……。頭、割れるかと思った……。

咲姉《さくねえ》さん、店で騒《さわ》ぐと本気で怒《おこ》るからな。さすがに榎本《えのもと》さんのアイアンクローほどじゃないけど、あの人の一撃《いちげき》もかなり効く……。

♣♣♣

俺と米良《めら》さんは、急いでウォークイン作業を終わらせた。おかげで普段《ふだん》の半分の時間で作業は終わり、ゆったりと他の作業を行っていた。

城山《しろやま》さんが冷凍《れいとう》食品の補充《ほじゅう》をしながら、目を輝《かがや》かせる。

「悠宇《ゆう》センパイ！　あたしは感動したッス！　いざというときはガツンとやれる男だと信じてました！　さすがお師匠《ししょう》様！」

「城山《しろやま》さん。電気代ムダになっちゃうからドア開けっぱなしにしちゃダメだよー」

後輩《こうはい》の女子いじめてるの褒《ほ》められても嬉《うれ》しくないなあ。

まあ、城山《しろやま》さんにとって〝you〟の存在はそれだけ大きいってことでもあるんだよな。なんて照れくさいけど、そこは素直《すなお》に受け取っておきたい。

俺たちが話していると、ご機嫌《きげん》ナナメの米良《めら》さんがモップで床掃除《ゆかそうじ》しながらぶーたれる。

「てか、マジでそれムカつくんだけど」

「それ？」

俺が振り返《かえ》ると、米良《めら》さんがハッと鼻白む。

「その師匠《ししょう》ってやつ。馬鹿じゃないの。漫画《まんが》の読みすぎじゃん」

「そんなことはないだろ。城山《しろやま》さんは本気でアクセ頑張《がんば》ってるんだし」

「はあ？　センパイには言ってないし」

「いや、俺のこと嫌《きら》いだから突《つ》っかかるんでしょ……」

するとと城山《しろやま》さんが、いつものテンションで対抗《たいこう》する。

「悠《ゆう》宇センパイのアクセはすごいんです！　あたしだって救われたんですから！」

「……はあ」

米良《めら》さんが、大きなため息をついた。

イラついた様子で、モップをバケツに突《つ》っ込む。

「そもそも、それが白々しいって言ってんじゃん。こいつ、わたしに何したか知らないの？」

「あ、ちょ……っ！」

俺の慌《あわ》てた様子に、米良《めら》さんがにやーっと笑った。

「何？　大事な弟子《でし》に知られちゃマズいわけ？」

「いや、そういうことじゃなくて……」

「そうだよねー。大事な弟子《でし》に知られちゃマズいよねー。シツボーされちゃうかもしれないもんねー。ウケるー」

「だから、そういうことじゃ……」

とっさに城山《しろやま》さんに目を向ける。

彼女はしらーっとした顔で、俺と米良《めら》さんを交互《こうご》に見やる。うん、そうだよね。昨日、聞いちゃったもんね。それを得意げに言われても困っちゃうよね？

米良《めら》さんは気づかず、ほくそ笑《え》んでいた。俺たちの『師弟《してい》ごっこ』に一発喰《く》らわしてやって、さぞ痛快なのだろう。

しかし、城山《しろやま》さんの言葉は——。

「アクセに恋《こい》を叶《かな》える力なんてあるわけないッスけど」

「……っ！」

予想外の言葉に、米良《めら》さんがぎょっとする。

それに構わず、城山《しろやま》さんは続けた。

「だってアクセは、ただの装飾品《そうしょくひん》ッスよね？　身に着けるだけで恋《こい》が叶《かな》うなんて話、信じるほうがどうかしてると思うんスけど……」

「……っ⁉」

米良《めら》さんの顔が、かあーっと真っ赤に染まる。

俺は額を押さえて「あちゃー」となった。

……米良《めら》さんは知らない。

城山《しろやま》さんは、中三という年齢《ねんれい》に似つかわしくない冷静な目を持っている。そして意外と、言葉に容赦《ようしゃ》がない。それが正論であるから、なお鋭《するど》く刺《さ》さる。

総じてリトル咲姉《さくねえ》さんみたいなところがあるけど、問題は……咲姉《さくねえ》さんと違《ちが》って、それをぶつける相手を選べないところだ。

この前の文化祭で、初対面の俺に向かって……実際は日葵《ひまり》に刺《さ》さったわけだけど。展示会の欠点をズバズバと斬《き》り捨《す》て、挙句に「一緒《いっしょ》にやらないほうがいい」とまで言い切った豪傑《ごうけつ》だ。

これは俺の勝手な憶測《おくそく》だけど……城山《しろやま》さんが学校で浮《う》いてるのは本人の言う「ウジウジしてる」とかじゃなくて、たぶんコレが原因じゃないかって思ってる。

まだ中学三年生だ。

この気質と、周囲の人間関係のバランスを取ることは難しいはずだ。

城山《しろやま》さんに、俺と米良《めら》さんのことを話さなかったのは……たぶんこうなるって思ってたからだ。そして、それは現実になって……俺はまた自分の失敗を悟《さと》った。

昨日のうちに、しっかりと伝えておくべきだった。

俺と米良《めら》さんの過去については、一切《いっさい》、口出ししちゃいけないと。

これはあくまで、俺と米良《めら》さんの問題なのだから。

しかしそれを察するには、城山《しろやま》さんは人生経験が足りない。

……いや、あくまで結果論だ。

たとえ事前に伝えていたとしても、城山《しろやま》さんが米良《めら》さんの言動に対抗《たいこう》して同じような展開になっていたかもしれない。

とにかく……城山《しろやま》さんの言葉は、米良《めら》さんの神経を逆なでした。

米良《めら》さんもまた、自分への反論を受け流せるような気質ではない。城山《しろやま》さんに食《く》って掛《か》かるように、正面から怒鳴《どな》った。

「それでも、わたしを騙《だま》してアクセ売ろうとしたのは事実じゃん！」

米良《めら》さんの強い語気に、城山《しろやま》さんがビクッと震《ふる》える。

本当は、その『絶対に恋《こい》が叶《かな》うアクセ』っていうのを言い出したのは、俺の同級生の井上《いのうえ》さんと横山《よこやま》さんだった。でも、それを放置したのは紛《まぎ》れもなく俺だ。アクセの経験値を上げたくて、そのおかげでお客さんが増えるならってオーバーな宣伝文句を許容した。

信じると思わなかった、なんて言い訳にもならない。

この状況《じょうきょう》を作ったのは、間違《まちが》いなく俺の責任だ。

「米良《めら》さん。それは俺の責任だ。城山《しろやま》さんには関係な――」

「うるさい！　センパイは黙《だま》ってて！」

米良《めら》さんは、まっすぐに城山《しろやま》さんを睨《にら》んでいる。

標的が変わっていた。これまでは俺に嫌《いや》がらせをするために城山《しろやま》さんをいじっていた。でも、いまは完全に城山《しろやま》さんを見ている。

悪い予感がした。でも俺が止めようとする間もなく、米良《めら》さんは彼女に詰《つ》め寄《よ》った。

そして小馬鹿にするように、その胸に指をあてて笑う。

「あんた、どうせ友だちいないでしょ？　こんなめんどくさいやつ、誰《だれ》も一緒《いっしょ》にいたくないもんね！」

「……っ！」

城山《しろやま》さんの表情が強張《こわば》る。

その様子に気をよくした米良《めら》さんが、さらに畳《たた》みかけるように続ける。

「やけにこのセンパイの肩持《かた》つと思ったけど……そうだよねえ。他に友だちいないんじゃ、しようがないよねえ。せっかくの冬休みに、こんなやつの手伝いくらいしかすることないんだもんねえ？」

そして正面から睨《にら》みながら、傷口を抉《えぐ》るように言った。

「でもさ。それって結局、現実トーヒじゃん。師匠《ししょう》とか言ってるけど、実際は媚《こ》び売ってるだけだよね？　師匠《ししょう》って言って尊敬するッス、だから見捨てないでほしいッス、って感じ？　だから何でもかんでもイエスマンなんでしょ？　さすがッス、すごいッス、って聞き飽《あ》きたっつーの。なんか自分が正しいみたいな面《つら》して言ってるけど、他に友だちいないから都合のいいほうをよいしょしてるだけじゃん。そんなやつ、お願いされたって友だちにはなんねーよ！」

いけない。俺は慌《あわ》てて、それを止めようとした。

「そんなこと言うのはやめろ！　悪いのは俺だろ！」

「はあ？　別に大したこと言ってな……あっ」

米良《めら》さんが振《ふ》り返《かえ》って、驚《おどろ》きに目を見開く。

その視線を追い、俺は言葉を失う。

城山《しろやま》さんの瞳《ひとみ》から、大粒《おおつぶ》の涙《なみだ》がこぼれていた。

その唇《くちびる》が、何かを言おうと震《ふる》える。

でも言葉にならず、きゅっと引き結ばれた。

「……そうッスよね」

城山《しろやま》さんはそれだけ言い残すと、バックルームへと飛び込んでいった。

「…………」

「…………」

米良《めら》さんは気まずそうに言い捨てる。

「そんな大げさにすることないじゃん……」

俺はやるせない気持ちのまま拳《こぶし》を握《にぎ》った。

言葉の価値は、その人の価値だ。

世間的にもよく言われるけど、大事なのは『何を言ったか』ではなく『誰《だれ》が言ったか』ということ。同じ言葉でも、その発言者への好感度で意味はまったく違《ちが》ってくる。

親しい人からの慰《なぐさ》めの言葉は、心を温めてくれる。

親しい人からの叱咤《しった》の言葉は、心を引《ひ》き締《し》めてくれる。

でも、言葉っていうのは、本当に不思議なものだ。

まったく知らない相手からの嘲笑《ちょうしょう》が、何よりも刺《さ》さってしまうこともある。

城山《しろやま》さんは一見、うまく心をコントロールできているように見えるだろう。

米良《めら》さんみたいな子に何を言われても……と思うかもしれないけど、実際は違《ちが》う。

まったく自分を知らない相手からの言葉っていうのは、何の補正もかかっていない世界の言葉だと思ってしまう瞬間《しゅんかん》もある。

俺が同じことを言えば、冗談《じょうだん》だと笑って流せるかもしれない。

でも自分を知らない米良《めら》さんの言葉は、そうはいかない。

世間から見て、自分はこうだと突《つ》き付けられるように感じる瞬間《しゅんかん》。それは心の中でうまく誤魔化《ごまか》していた本音を容易《たやす》く露呈《ろてい》させる。

「城山《しろやま》さんは、学校で友だちができなくて悩《なや》んでた。そんな言い方はしないでほしい」

「はあ？　友だちなんて、普通《ふつう》にできるじゃん。いきなりマジになって、わけわかんないんだけど」

米良《めら》さんのこの言葉に、悪意があるようには思えなかった。むしろ俺たちの様子に困惑《こんわく》しているようだ。

この子は、何の疑いもなく言っている。それが世界の常識で、全人類すべてが例外なく享《きょう》受《じゅ》できることのように。喉《のど》が渇《かわ》けばジュース買えばいいじゃん、みたいな感じ。

きっとこの子は、周囲に恵《めぐ》まれているんだろうなって思った。

俺の前ではこんな感じでも、友だちの前では明るくていい子なんだろう。そして周りも、この子をいい友人だと思ってる。わざわざ文化祭で、アクセ販売会に悪戯《いたずら》するのを協力してあげるくらいだ。

でも……。

「普通《ふつう》の人にできることを、できない人がいるんだよ」

「…………」

俺の絞《しぼ》り出《だ》した言葉に、米良《めら》さんは呆気《あっけ》に取《と》られたように黙《だま》る。

普通《ふつう》に恋《こい》ができない人がいる。

普通《ふつう》に幸せを感じられない人がいる。

そんな人に、この世界はあまり優《やさ》しくない。

普通《ふつう》になれなきゃ、何も手に入らないことだってある。

「俺がきみにしてしまったことなら、許してくれなくていい。それで気が済むなら、奴隷《どれい》にでも何でもしてくれ。でも……城山《しろやま》さんは何も悪くないんだよ」

俺みたいな何もできないやつを尊敬してくれる。

俺みたいに自分勝手な理由で日葵《ひまり》と別れるようなやつを認めてくれる。

何も返せるものがないのに、それでいいと言ってくれる。

そんな子に、あんな顔をさせてしまったのが、たまらなく悔《くや》しかった。

「米良《めら》さん。俺は、やっぱりきみのことは好きにはなれない」

「……っ！」

米良《めら》さんの顔が歪《ゆが》んだ。

その唇《くちびる》を震《ふる》わせながら、俺に向かってはっきりと告げる。

「わたしだって、センパイみたいな人、嫌《きら》いだよ」

小さく息をして、俺を正面から睨《にら》みつける。

「そもそもヒトとして理解できないし。何言ってるかマジでわかんない。普通《ふつう》になれないから、普通《ふつう》じゃないこと頑張《がんば》る？　そんなの現実トーヒじゃん。負け犬の遠吠《とおぼ》えじゃん。自分を棚《たな》に上げて、わたしは他の人巻き込むなとかお説教かまして何様って感じ。センパイは知らんふりしてるけど、ほんとにわたしの学校生活めちゃくちゃになってんだよ。あれから部活いづらいし、他の女子からバカにされるし、人生で一番サイアクのサイアクで……」

言いながら、その声が震《ふる》えた。

洟《はな》をすするような声で、米良《めら》さんは俺に向かって言い放つ。

「ほんとに好きだった——センパイのせいで全部なくなった！」

必死に涙《なみだ》をこらえる米良《めら》さんが、一瞬《いっしゅん》、日葵《ひまり》と重なった。

心が揺《ゆ》れる。

言い知れない痛みが、胸をちくりと刺《さ》した。

ああ、そうか——。

これが失恋《しつれん》の痛みなのか。

それを自覚すると、自分が必死に言い繕《つくろ》っていたもの——アクセのためとか、夢を達成するために必要だったとか、そんな意味のない自己防衛が呆気《あっけ》なく剝《は》が《》れ落《お》ちるような気がした。

そして剝《はが》れ落《お》ちた先にあるものは——一種の憧《あこが》れだった。

昨夜、城山《しろやま》さんが言ったことを思い出す。

なぜ俺は、米良《めら》さん相手だと、こうも張り合ってしまうのか。

先の一件は自分にも非があると頭ではわかっているのに、なぜかこの子には心がさざ波を立てる。その理由が、確かに少し不思議だったのだ。

何のことはない。

米良《めら》さんが羨《うらや》ましかったのだ。

たった一つの恋《こい》を、こんなにも必死に摑《つか》み続けられるような一途《いちず》さが眩《まぶ》しかった。

だってそれは、俺にはなかったから。

夢と恋《こい》を天秤《てんびん》にかけ、俺はあっさり手放してしまったから。

この子と話していると、まるで自分の選択《せんたく》が間違《まちが》いだと突《つ》き付《つ》けられるようで怖《こわ》かった。

だからきっと、それを直視しないように反発していたのかもしれない。

「センパイのこと、ほんとに大嫌《だいきら》い」

米良《めら》さんは乱暴に目元を拭《ぬぐ》った。

「だから、わたしはセンパイみたいに無責任なやつにはなんない」

そう言って、バックルームへと入った。

そこでは城山《しろやま》さんが泣いており、それを咲姉《さくねえ》さんが落ち着かせようとしている。

米良《めら》さんは物怖《ものお》じせずに、城山《しろやま》さんの前に立つ。そしてまっすぐ見下ろすと、冷たい声で言った。

「子犬」

城山《しろやま》さんが、ビクッとした。

そんな彼女に、米良《めら》さんがはっきりと言う。

「あんたの友だちになってやる」

その言葉に。

全員が「……は？」となった。

俺や城山《しろやま》さんはもとより、咲姉《さくねえ》さんまで呆気《あっけ》に取《と》られている。そんな空気にお構いなしで、米良《めら》さんは城山《しろやま》さんの腕《うで》を引いて立ち上がらせた。

「友だちできなくてアクセ作りにトーヒしてんでしょ。わたしが友だちになってやる。そのムカつく師匠《ししょう》だの何だのっての、やめたくなるくらい遊んでやるから覚悟《かくご》して」

城山《しろやま》さんの頭を両手でくしゃくしゃにする。

「だから、わたしの前ではウジウジすんな！」

城山《しろやま》さんが目を丸くした。

——ウジウジしてるから、話しててイラっとしちゃうんスかね。

文化祭で、城山《しろやま》さんが言っていた。

まさかあの言葉を聞いていたわけではないだろう。

米良《めら》さんの言葉は乱暴だ。

でも何でだろうか。

その言葉は、きっと城山《しろやま》さんが欲《ほ》しかったものだと思った。陰《かげ》で何か言われることもない。

ちゃんと受け止めてくれるという意思が見えた。

その姿が、なぜか中学の文化祭での日葵《ひまり》と重なる。

日葵《ひまり》が俺の情熱を認めてくれた瞬間《しゅんかん》――俺はいまの城山《しろやま》さんみたいな顔をしていたのかもしれない。

城山《しろやま》さんはその唇《くちびる》を引き結び、震《ふる》える声でうなずく。

「……はいッス」

俺のような無責任なやつにはならない。

その言葉の意味がわかった。

同時に、本来の米良《めら》さんの気質も理解した。

つくづく、俺はクライアントの表面しか見ていなかったと思い知らされる。

乱暴だけど、誠意のある言葉。

俺のように無責任なやつにはならない。

自分が傷つけてしまった相手は、ちゃんと自分で救う。

それがきっと、俺が知らなかった本当の米良《めら》さんなのだろうと思った。

――俺も同じように、彼女の失われた恋《こい》に対してできることはあるのだろうか。

夏目
城山

「米良《めら》さん」

そう思うと、俺は彼女に言っていた。

「俺にも償《つぐな》わせてほしい。きみに——本当に恋《こい》を叶《かな》えるようなアクセを作らせてほしい」

その言葉に、米良《めら》さんは——。


「は？　嫌《いや》だし」


……しんと静まったバックルーム。

頭痛を抑《おさ》えるように眉間《みけん》を押さえる咲姉《さくねえ》さん。

ぽかんとしている城山《しろやま》さん。

そして「何言ってんだこいつ？」って感じの米良《めら》さん。

俺は一人、微妙《びみょう》に恥《は》ずかしい気持ちを抱《かか》えてうなだれた。

うん。……そっすよね。

♣♣♣

翌日。

コンビニバイトの休憩《きゆうけい》中。

四角い四人掛《が》けのテーブルの上には、色とりどりの布地が広げられていた。

それを手にして、城山《しろやま》さんが嬉々《きき》として喋《しやべ》っている。

「布アクセって地味なんスけど、ポテンシャルは無限大ですごいんスよ！　どんな素材でもアクセサリーにできるのは当然なんスけど、まったく種類の違《ちが》う素材を重ねることで独特の立体感を演出できるのがすごいと思います！　金属製のアクセとかだと、どうしても一つの素材だけになりがちッスけど、布アクセは端切《はぎ》れや着られなくなった服……何なら古くなったジーンズとかでも素材にできるからすごくて、さらにそれらが重なることで鮮《あざ》やかな厚みを持たせられるのがすごくて、たとえばこんなレースとデニム生地《きじ》なんか重ねると厚みに緩急《かんきゆう》がついてすごくなって——」

「………」

オタク特有の早口を、米良《めら》さんは無心の顔で聞いていた。

そして無言のまま聞き終わると、一言。

「わけわかんない」

すると城山《しろやま》さんが、なぜかパッと顔を明るくした。

「じゃあ、もう一回、説明します！」

「しなくていい！」

米良《めら》さんが吠《ほ》えた。

「あ〜もう！　こいつマジでアクセのことしか話さないじゃん！　そもそも褒《ほ》めるボキャブラリーが『すごい』しかないの何なんマジで！」

頭を掻《か》きむしりながら、話題の転換《てんかん》を試みる。

「そんなことより、昨日のドラマの……」

「観《み》てないッス！」

「ぐあああああ……っ！」

……苦戦してるなあ。

俺は邪魔《じゃま》をしないように隅《すみ》っこで置物と化しながら、その様子を窺《うかが》っていた。

やがて話題の転換《てんかん》を諦《あきら》めた米良《めら》さんが、テーブルに突《つ》っ伏《ぷ》した。

「……もういいよ。好きなだけ喋《しゃべ》れ」

「わかりました！」

城山《しろやま》さん、すげえなあ……。あ、城山《しろやま》さんのボキャブラリーが移っちゃった。

しかしここまで一方的だと心配になってしまう。なぜなら俺にも覚えがあるのだ。オタクは
ほら、自分の興味あることになると我を忘れちゃうからさ……。

俺がそわそわしていると、なぜかテーブルの下で足を蹴《け》られた。その犯人である米良《めら》さんが、
フンッと鼻を鳴らす。

「わたし、センパイみたいな嘘《うそ》つきになりたくないんで」

耳が痛いなあ……。

俺が苦笑《くしよう》していると、俺たちのやり取りを見ていた城山《しろやま》さんが何かを閃《ひらめ》く。

「そうッス！　悠宇《ゆう》センパイも一緒《いつしよ》に友だちになればいいッス！」

「は？　なんで？」

米良《めら》さんが「何言ってんだこいつ？」って感じで聞き返した。

しかし城山《しろやま》さんは、極《きわ》めて真面目な様子で首をかしげる。

「でも鎌子《かまこ》センパイ、けっこう悠宇《ゆう》センパイのこと好きッスよね？」

「はあ⁉　なしてそうなる⁉」

城山《しろやま》さんはフフンと得意げに続ける。

「昨日、お姉様が言ってたッス。嫌《きら》いっていうのは、執着《しゆうちやく》の裏返しだって。ぶっちゃけあれだ

け自分から突《つ》っかかっていってるの、傍《はた》から見てるとアイラブユー連呼してるのと変わんないらしいッス」

「………」

米良《めら》さんの顔が、ぎゅーんっと赤くなった。

同時に城山《しろやま》さんのツインテールを、わしっと引《ひ》っ掴《つか》む。

「調子に乗んなあ～～～っ！」

「ぎゃあああっ！　暴力反対ッスーっ！」

飛び火が怖《こわ》くて、俺は気配を消して置物に専念した。

咲姉《さくねえ》さんに怒《おこ》られないといいなあ……とか思っていると、城山《しろやま》さんに制裁を加えて満足したらしい米良《めら》さんが、俺に「ヘッ」と挑発《ちょうはつ》するように笑う。

「ま、センパイがどうしてもってお願いするならいいけど？」

それに対して。

俺は爽《さわ》やかに微笑《ほほえ》み返した。

「俺は絶対にお断りだ」

「……💢」

米良《めら》さんが暴れ、そして咲姉《さくねえ》さんに全員まとめてとっちめられる。

俺は納得《なっとく》いかない気持ちを抱《かか》えて、新春の装飾《そうしょく》を始めた。

Epilogue　ブレス

大晦日《おおみそか》。

夏目《なつめ》家の年越《としこ》しは、やはりいつも通りのものだ。それぞれが勝手に年越《としこ》し蕎麦《そば》を食べ、勝手に過ごす。今後うちの家族が勢ぞろいするなんて、たぶん両親の別れ話があるときくらいじゃないかなって思う。

そんな年越《としこ》し。

時刻は午後十時を回ったところだ。

俺は部屋で一人、アクセのデザインを起こしていた。

俺はこれから、本当の意味でクライアントのためにアクセを作る。

そのために必要なことは——やるべきことは何か。
まだ答えは出ない。
焦《あせ》る必要はない。
焦《あせ》って間違《まちが》って、また誰《だれ》かを傷つけるような結果はダメだ。
見据《みす》えるんだ。
俺に何ができるのか。
俺のことを認めてくれる人のために、何をするべきなのか。
(……これから、どうしようか)
目頭《めがしら》を押さえながら、天井《てんじょう》を仰《あお》ぐ。
ちょっと休憩《きゅうけい》。
やっぱり、こう、アレだな。
何か目標があるときのほうが、乗るのは事実だ。
焦《あせ》る必要はないけど、やっぱり小さな目標を設定するのは大切だ。
(つってもなー。小さな目標とはいえ、ホイホイ転がってるわけじゃないし……)
そんなことを考えながら、ふとスマホを見た。
……ん?

榎本《えのもと》さんから、着信が入っている。ついでにラインのメッセージも。

『ゆーくん。初詣《はつもうで》行こう』

……そうだな。

クリスマスから、榎本《えのもと》さんとも連絡《れんらく》を取っていなかった。

日葵《ひまり》と別れたことを伝えるべきか、否か。

いや、伝えるべきなんだろうけど、向こうも伝えられても困るかなって迷いもある。これも俺の恋愛《れんあい》経験値の低さを表していて嫌《いや》だな……。

気分転換《てんかん》もしたかったし、ちょうどいい。

俺は榎本《えのもと》さんに連絡《れんらく》して、初詣《はつもうで》に行く時間を確認《かくにん》した。

♣♣♣

うちの地元にも、けっこうな数の神社がある。

毎年、その中でも俺は決まった場所に初詣《はつもうで》に行く。

今山八幡宮《いまやまはちまんぐう》。

商店街から長い階段を上る山の上に本殿《ほんでん》を構える、由緒《ゆいしょ》正しい神社だ。俺がお参りするのは、その境内《けいだい》にある境内末社《けいだいまっしゃ》の一つ、今山恵比寿《いまやまえびす》神社になる。

つまり七福神である恵比寿神《えびす》を祀《まつ》っている場所だ。商売繁盛《はんじょう》の神様として有名で、二月のお祭りでも地元の商売人たちがこぞって参拝に訪《おとず》れる。

日付が変わって、榎本《えのもと》さんと一緒《いっしょ》に向かった。

すでに地元の参拝客が多く、長蛇《ちょうだ》の列を作っている。境内《けいだい》の脇道《わきみち》には屋台が並び、その淡《あわ》い照明が、冬の夜空に溶《と》けていた。

その参拝の列に並びながら、俺は榎本《えのもと》さんに言った。

「榎本《えのもと》さんも、毎年ここなんだ？」

「うん。いつもはお母さんも来るんだけど、今日はゆーくんと一緒《いっしょ》だから先に寝《ね》てるって」

「そっか。まあ自営業の人は、だいたいここだよね」

榎本《えのもと》さんが、付《つ》き添《そ》いとして来てくれた咲姉《さくねえ》さんに頭を下げる。

「咲良《さくら》さん、今日はありがとうございます」

「いいのよ。私も昼にお参りに来るつもりだったから」

咲姉《さくねえ》さんは寒そうにコートのフードを被《かぶ》り、厚手の手袋《てぶくろ》をこすり合わせた。服の中には、アウトドア用のめっちゃ熱い使い捨てカイロを忍《しの》ばせてある。

この人、実は寒いの苦手なんだよね。だから冬期のウォークイン作業は必ず俺にやらせるのだ。鬼《おに》め。

「それに、愚弟《ぐてい》と二人きりだと何されるかわかんないわ。恋人《こいびと》にフラれて人恋《ひとこい》しくなってるからね」

「咲姉《さくねえ》さん。神様の前で言うのやめて……」

年明けでも相変わらずの平常運転だった。

俺は榎本《えのもと》さんの横顔を見る。

その表情は、いつも通りだった。榎本《えのもと》さんは何も言わないけど、俺が日葵《ひまり》と別れたことは知っていたようだ。女子の情報網怖《こわ》い……。

やがて順番がやってきて、俺たちは三人で並んで手を合わせる。

昨年の感謝を述べて、本年の繁栄《はんえい》を願う。

それが終わると、咲姉《さくねえ》さんが向こうの明るいテントを指した。

「甘酒《あまざけ》、買ってくるわ」

「わかった。俺たちは、おみくじ引いてくる」

榎本《えのもと》さんと一緒《いっしょ》に、おみくじのテントに向かう。

五種類のおみくじが並んでいた。イマドキおみくじも多様化が進んでいる。普通《ふつう》にお札を引くものだったり、縁起《えんぎ》の良《い》い石を選ぶものだったり。謎《なぞ》のゆるキャラを描《えが》いた子ども向けのものもあった。

その中から、普通《ふつう》のおみくじを引いた。

中身を見て……俺は微妙《びみょう》な顔になる。

「ゆーくん。どうだった？」

「まあ、うん……」

おみくじを見せる。

榎本《えのもと》さんが、しかめっ面《つら》になった。

「……凶《きょう》じゃなかっただけ、いいんじゃないかな」

「……っすね」

しかしこの内容。

商売は困難。

健康はまあまあ。

旅はしてよし。

待ち人は……来る、らしい。

「まあ、いつも通りかな」

「ふふっ。そうかもね」

と、その榎本《えのもと》さんはどうだったのか。

「榎本《えのもと》さんは？」

「んー……」

人差し指を、自分の唇《くちびる》の前に立てて微笑《ほほえ》んだ。

「内緒《ないしょ》」

「ええ……。俺の見たのに？」

「いいこと書いてあったら、秘密にするものだし」

「マジか……」

運勢ですら、榎本《えのもと》さんには勝てないらしい。

俺たちは笑いながら、おみくじを木の枝に結んだ。

さて、咲姉《さくねえ》さんは……あっ。甘酒《あまざけ》の紙コップ片手に、屋台でイカ焼き買ってる。どうやら、ちょっとゆったりしていくらしい。まあ、さっきまでコンビニで働いてたからな。

俺たちも少し、のんびりしていくことにした。

甘酒《あまざけ》をもらって、石造りの段差に並んで腰《こし》掛ける。

「芽依《めい》ちゃんは？」

「一昨日には帰ったよ。今は家からコンビニ通って、米良《めら》さんと遊んでる。お姉さんと進路についてちゃんと話したっぽい」

城山《しろやま》さんが、例の家出のことを米良《めら》さんに説明したんだよな。

そしたら「はあ？　その状況《じょうきょう》で高校行かんとかある？」「高校行って嫌《いや》だったら辞《や》めればいいじゃん」って一蹴《いっしゅう》しちゃって、それで城山《しろやま》さんも腹を決めた感じだった。

……なんか、俺よりよっぽどいい師匠《ししょう》ムーブしてるんだよな。城山《しろやま》さんと話してるの聞いて

ると普通《ふつう》にいい子っぽいし、マジでなんで俺にだけあんな感じなんだよ。

「よかったね」

「まあ、米良《めら》さんがどのくらい本気で城山《しろやま》さんと友だちになるって言ってるのかはわからないけど……」

俺にとっての日葵《ひまり》になるのか。

あるいは、他に出会いがあるのか。

それでも城山《しろやま》さんにとって、少しでもいい結果に繋《つな》がってくれるといいと思う。

「来週から、三学期か……」

「そうだね」

学校行くの、しんどいなあ。

休みが終われば、絶対に日葵《ひまり》と顔を合わせることになる。そのとき、俺はどんな顔をすればいいのかわからない。

……いや、今更《いまさら》、迷うな。

どんな結果になろうと、それは自分で選んだ未来だ。

いいことも悪いことも、全部連れて未来に行く。

そのために——。

「榎本《えのもと》さ……」

「ゆーく……」

と、二人の声が被《かぶ》ってしまった。

微妙《びみょう》な沈黙《ちんもく》の後……そっちから、いやいやそっちから、と譲《ゆず》り合《あ》い、結果として榎本《えのもと》さんが先に言った。

「二月、修学旅行あるよね」

「あ、うん。そうだね」

うちの学校は、修学旅行が二年の三学期だ。

その話自体は、二学期にもあった。クラスから有志を募《つの》って、旅のしおりみたいなのを作っていたらしい。まあ、俺みたいなやつは参加しないタイプのイベントだ。

一般《いっぱん》の生徒が動き始めるのは、冬休み明けだ。

確かグループを作ったり、旅行計画を練ったりするんだっけ。あくまで『学業の一環《いっかん》』だから、何か課題があるみたいな話も聞く。

榎本《えのもと》さんが言った。

「行き先、どっちにするか決めた？」

「東京と沖縄だよね。……まあ、東京かな」

うちは二か所から選ぶ形で、それは年明けにすぐ決まる。

人数のバランスがあるから絶対ではないけど、俺は東京に行きたいと思ってる。

「天馬《てんま》くんたちとも会えるかもしれないし」

「そうだね。……わたしも東京にするつもり」

「そうなの？」

「うん。あのね、だから……」

榎本《えのもと》さんは、すっかり冷えた甘酒《あまざけ》の紙コップを指でなぞっていた。

「修学旅行で、自由になる時間あるでしょ？」

「まあ、うん。課題の時間でもあるらしいけど……」

「それでね……」

そして少しだけ緊張《きんちょう》した様子で言った。

「ゆーくん。わたしと一緒《いっしょ》に回らない？」

「………」

俺は考えて……。

「天馬《てんま》くんたちと会うかもしれないけど……」

「うん。それでいい」

「じゃあ、うん。一緒《いっしょ》に回ろう」

そういえば夏休みの東京旅行じゃ、榎本《えのもと》さんには悪いことをした。

その埋《う》め合《あ》わせ……になればいいけど。

そんなことを考えていたとき、榎本《えのもと》さんが言った。
「そのとき、ゆーくんに聞いてほしいことがある」
その言葉に既視感《きしかん》があった。
独特の匂《にお》い、とでも言えばいいのか。
思い出すのは、やはり夏休みのあのとき。
『この勝負が終わったら、日葵《ひまり》に聞いてほしいことがある』
紅葉《くれは》さんの課題に取り組む中で、俺は日葵《ひまり》への恋心《こいごころ》を初めて告げた。
それと同じ湿《しめ》っぽい呼吸を感じ、俺は少しだけ返事をためらう。
でも……。
「……わかった」
そして俺は。
さっき言いかけた言葉を――そっと胸の内に仕舞《しま》い込んだ。

◇◇◇

犬塚家《いぬづか》の大晦日《おおみそか》は、家にいるみんなで過ごすのが決まりだった。

除夜《じょや》の鐘《かね》と同時に出てくる年越《としこ》し蕎麦《そば》を頂く。いつも顔を合わせればアレだコレだと口論しているお祖父《じい》ちゃんとお兄ちゃんも、今日ばかりは穏《おだ》やかに同じ時間を過ごしていた。海老天《えびてん》うまし。

テレビでは、毎年恒例《こうれい》の初詣《はつもうで》の参拝客が中継《ちゅうけい》されている。全国の有名な神社に、たくさんの人たちがお参りしていた。寒そうだなー。リポーターの人も大変だ。

今年は、初詣《はつもうで》どうしようかな。

いつもは悠宇《ゆう》と二人で行ってたけど、今年は一人だ。それなら神様にお願いするようなことないし。

お蕎麦《そば》をつるつると上品に食していたお兄ちゃんが、テレビを見ながら言った。

「今年も実り多き年になるといいね」

お母さんが汁《しる》を飲みながら、それにうなずく。

「そうね。家族が健康ならそれでいいわ」

お祖父《じい》ちゃんが豪快《ごうかい》に海老天《えびてん》を齧《かじ》り、ガハハと笑う。

「心配あるまい。それだけが取り柄《とえ》のような一家じゃからなあ」

それは間違《まちが》いないね、とみんなで朗《ほが》らかに笑った。

そして三人同時に、じとーっとした視線をアタシに向けてくる。


「「「……はあああっ」」」


肺の空気を全部吐《は》き出《だ》すような、大きくて重いため息をついた。まるで海外の有名なオーケストラのように息の合ったコンビネーションに、アタシはプルプルと怯《おび》えていた。

お兄ちゃんがお行儀《ぎょうぎ》悪く、どんぶりの中のお蕎麦《そば》をお箸《はし》でプツプツ切っていく。

「悠宇《ゆう》くんがいない年越《としこ》し。なんて味気ないんだ……」

お母さんが切ない表情で、台所の隅《すみ》に置いた大きな重箱を見つめる。

「悠宇《ゆう》くんに食べてもらおうと思って、一か月かけておせちの準備したのに……」

お祖父《じい》ちゃんが懐《ふところ》からポチ袋《ぶくろ》を取り出して、ぐすんと泣きそうになっている。

「お年玉。今年は誰《だれ》に渡《わた》せばいいんじゃろうなあ……」

それはアタシにくれればいいじゃん……。

三人のどんよりとした空気に、アタシは無言で年越《とし》し蕎麦《そば》を食べきった。

「ご、ごちそうさまでした……」

そして逃《に》げるように台所を去った。

(うう〜〜〜っ！　うちの家族の悠宇《ゆう》への愛が重すぎる〜っ！)

縁側《えんがわ》に座って、綺麗《きれい》な庭を見つめる。

月が眩《まぶ》しい夜だった。

その明かりだけで、深夜なのに景色が鮮明《せんめい》に見える。空気が冷たくて、アタシの息は白く染まった。

「……何にもなくなっちゃったな」

ぼんやりと一人ごちる。

アタシはこれから、何のために生きていくんだろうか。

この痛みも、本当に過去のものになるんだろうか。

(……なんかやだな)

一週間も経《た》っていないのに、あの日がもう何十年も前のようだ。

あんなに荒《あ》れていた気持ちも、すでに静かな海原《うなばら》のように凪《な》いでいる。

世界で一番大事な気持ちすらも過去にして、アタシは何も求めて生きていくんだろうか。

……そのとき、スマホが鳴った。

あけおめメッセかな。さっきからクラスのみんなが、グループチャットで新年の到来《とうらい》に盛り上がっている。

「誰《だれ》だろ……あれ？」

ちょっとだけ意外な相手だった。

しかもメッセージじゃなくて着信……こんなタイミングに何だろ。

「……もしもし」

すると電話の相手——紅葉《くれは》さんが朗《ほが》らかに言った。

『日葵《ひまり》ちゃん、あけましておめでと～♪』

「……あけましておめでとう」

いつも楽しそうな人だなあ、とうんざりしながら言った。

「何か用？」

『やあ～ん。ゆ～ちゃんにフラれちゃったからって、わたしに当たるのはどうかと思うな～？』

相変わらず誰《だれ》から情報集めてるんだコイツ……。

「じゃ、用事ないみたいだからバイバイ。また来年もあいさつしようね」

『じょ～だん！　じょ～だんだから切らないで～っ！』

紅葉《くれは》さんがわざとらしく慌《あわ》てながら、ウフフと笑った。

『それじゃあ、用件だけね』

そう言って……意外な話題を出してきた。

『わたしが高校に通ってたときと同じなら、そろそろ修学旅行だよね～？』

「え？　……ああ、うん」

修学旅行。

そうだった。そういえば二月にあるんだっけ。行き先は、東京か沖縄で選ぶ感じだった。

「東京か、沖縄。それがどうしたの？」

『うふふ。どっちにするの？』

「うーん……沖縄かな」

だって悠宇《ゆう》は、たぶん東京を選ぶだろうし。

アタシの返事に、紅葉《くれは》さんが言った。

『日葵《ひまり》ちゃん、東京においで♪』

「……やだ」

『いいじゃ～ん！　わたしと遊ぼうよ～っ！』

「それ聞いたら、絶対にやだ」

紅葉《くれは》さんはいつものように、クスクスと笑っている。

でも次の瞬間《しゅんかん》。少しだけ冷たい声で言った。

『このまま、凛音《りおん》に負けていいの？』

「……っ！」

しまった。

アタシの動揺《どうよう》を、電話口の紅葉《くれは》さんは察したようだ。彼女がうっすらと、あの悪女のような笑《え》みを浮《う》かべたのは想像に難《かた》くない。

『日葵《ひまり》ちゃんを、おもしろい子と会わせてあげる』

そう言って、紅葉《くれは》さんは普段《ふだん》通りの柔《やわ》らかい声音《こわね》に戻る。

『──きっと、きみの人生の役に立つからね♪』

あとがき

七菜《ななな》は迷っていた。

このだんじょる8のあとがき……果たして真面目にいくか、ふざけていくか。いや、普段《ふだん》から真面目にふざけるをモットーにあとがきに着手してきた。これまでの自分を貫《つらぬ》くならば、存分にふざければいいと思った。

しかし前巻であんな終わり方をしておいて、のうのうとふざけることができるのか。それを読者の皆様《みなさま》が許してくれるのか。そんなチキンレースに、七菜《ななな》は完全に圧倒《あっとう》されていた。鎌子《かまこ》もお披露目《ひろめ》になったことだし、いっそ真面目に新キャラ紹介《しょうかい》でもしてみるか。そんなことを考えたのは、いよいよ自分を見失ってきたなあと自覚した頃《ころ》である。

いやしかし。これまでそんなこととしてこなかったのに、今更《いまさら》、真面目に作家ぶって何が面白《おもしろ》いというのか。思考の迷宮《めいきゅう》は未《いま》だに最奥《さいおう》を見せない。

結局のところ、七菜《ななな》は鎌子《かまこ》を示すために思い付いた『ノータイムざまあガール』という名《めい》称《しょう》を自慢《じまん》したくてしょうがないだけなのである。

本文中で使えなかった単語。しかしどうしても皆《みな》さんには使ってほしい。しかし七菜《ななな》のアカウントで周知したところで、効果的だとは到底《とうてい》、思えない。七菜《ななな》はあんまりネットに強くないのだ。お猫《ねこ》様たちの力を借りてなお、あのザマである。

どうすれば……一体、どうすればいいのか。このままでは、ネタ切れを心配した担当氏たちに「七菜《なな》さん、無理なら次巻からあとがき無しにします……？」と煽《あお》られること必至。それだけは何としても避《さ》けなければならない。待てよ？　あとがき……なくてもいいのか……？

前置きが長いですね。七菜《なな》です。

ということで、冬の物語は次巻で終了《しゅうりょう》となります。東京、多いですね。作者の都会に対するコンプレックスが透《す》けて見えるようです。べ、別に羨《うらや》ましくないんだからね！

なんか今巻、七菜《なな》くん情緒《じょうちょ》不安定じゃない？　って思った読者のあなた。そうです。このあとがきを書いているとき、うっかり締切《しめきり》を忘れてて慌《あわ》てて書いてるんですね。酷《ひど》い話です。

★☆　スペシャルサンクス　★☆

担当編集K様・I様、制作関係者の皆様《みなさま》、イラスト担当のParum先生、販売《はんばい》に携《たずさ》わってくださいました皆様《みなさま》、その他、企画《きかく》に関わって頂きました皆様《みなさま》、今巻も大変お世話になりました。

次巻もご迷惑《めいわく》をおかけすると思いますが、何卒《なにとぞ》よろしくお願いいたします。

読者の皆様《みなさま》も、次巻もぜひ読んでくださいね。

２０２４年３月　七菜《なな》なな

◉七菜なな著作リスト

「男女の友情は成立する？（いや、しないっ!!）Flag 1. じゃあ、30になっても独身だったらアタシにしときなよ？」（電撃文庫）
「男女の友情は成立する？（いや、しないっ!!）Flag 2. じゃあ、ほんとにアタシと付き合っちゃう？」（同）
「男女の友情は成立する？（いや、しないっ!!）Flag 3. じゃあ、ずっとアタシだけ見てくれる？」（同）
「男女の友情は成立する？（いや、しないっ!!）Flag 4. でも、わたしたち親友だよね？〈上〉」（同）

「男女の友情は成立する？（いや、しないっ!!）
Flag 4. でも、わたしたち親友だよね？〈下〉」（同）
「男女の友情は成立する？（いや、しないっ!!）
Flag 5. じゃあ、まだ30になってないけどアタシにしとこ？」（同）
「男女の友情は成立する？（いや、しないっ!!）
Flag 6. じゃあ、今のままのアタシじゃダメなの？」（同）
「男女の友情は成立する？（いや、しないっ!!）
Flag 7. でも、恋人なんだからアタシのことが1番だよね？」（同）
「男女の友情は成立する？（いや、しないっ!!）
Flag 8. センパイがどうしてもってお願いするならいいですよ？」（同）
「少年、私の弟子になってよ。
～最弱無能な俺、聖剣学園で最強を目指す～」（同）
「少年、私の弟子になってよ。2
～最弱無能な俺、聖剣学園で最強を目指す～」（同）
「少年、私の弟子になってよ。3
～最弱無能な俺、聖剣学園で最強を目指す～」（同）
「四畳半開拓日記01～04」（単行本　電撃の新文芸）

本書に対するご意見、ご感想をお寄せください。

ファンレターあて先
〒 102-8177　東京都千代田区富士見 2-13-3
電撃文庫編集部
「七菜なな先生」係
「Parum 先生」係

本書は書き下ろしです。

電撃文庫

男女《だんじょ》の友情《ゆうじょう》は成立《せいりつ》する？（いや、しないっ!!）

Flag 8. センパイがどうしてもってお願《ねが》いするならいいですよ？

七菜《なな》なな

◆◇◇

2024年 4 月10日　初版発行
2024年11月15日　再版発行

発行者　山下直久
発行　株式会社KADOKAWA
〒 102-8177　東京都千代田区富士見 2-13-3
0570-002-301（ナビダイヤル）
装丁者　荻窪裕司（META＋MANIERA）
印刷　株式会社 KADOKAWA
製本　株式会社 KADOKAWA

●お問い合わせ
https://www.kadokawa.co.jp/（「お問い合わせ」へお進みください）
※内容によっては、お答えできない場合があります。
※サポートは日本国内のみとさせていただきます。
※ Japanese text only

※定価はカバーに表示してあります。

ISBN978-4-04-915134-3　C0193　Printed in Japan

電撃文庫　https://dengekibunko.jp/